リト

作・絵　山元加津子

「サムシング・グレート」に感謝して生きる
ー「リト」に寄せてー

筑波大学名誉教授
村上和雄

絵・装丁　　kakko

表紙写真　野村哲也

もくじ

リト

山元加津子

1

その小さな犬はリトという名前でした。

リトは小麦が黄色く実り、風になびいている麦畑の真ん中にいました。

リトはひとりぼっちで、まだリトと呼んでくれる人にも出会っていませんでした。

みなさんは、なぜリトと呼んでくれる人にも出会っていないのに、自分の名前が「リト」だと知っているのか不思議に思うかもしれません。

けれど名前というものは、本当は名付けられる前から決まっていて、犬も猫も赤ん坊も、みんな生まれたときから自分の名前を知っているものなのです。

大人は自分もそうだったことをすっかり忘れて「それはおかしい。私は子どもの名前をつけたし、犬の名前をつけたのも私だ」と言うかもしれません。

でも、真実はそうではないのです。誰もが生まれたときから自分にぴったりの名前を持っていて、名付け親と呼ばれる人がたとえどんなに迷っても、最終的には、最初から決まっている名前をつけて（自分で決めたと思い込んで）くれることになっているのです。

けれど本当のことを言うと、ときおり自分が持っている名前と違う名前がつくことがあります。でも心配はいりません。いずれ真実の名前で呼ばれるようになるのです。

でもリトはまだ、リトを「リト」と呼ぼうと決めてくれる人とは出会っていませんでした。

リトは子犬だったので、まだ耳の毛も短くて、風になびくほど長くはありませんでした。でも大きくなった麦の穂の間で、耳に風を感じながら、しっかりと足を開いて立ち、顔をあげて麦畑の上に広がる空の匂いをかぎました。

「ボク、どっちへ進んだらいいんだろう」

リトはこの匂いの中のどこかに、何か大切なものが隠れているに違いないと思ったのです。

初夏の風は、遠くからリトの鼻先に、小さな知らせのようなものを運んできました。

それは淡い淡い匂いでした。懐かしいようなそして少し切なくなるような匂いでした。

リトは匂いのする方へ向かおう、そしてとにかく麦畑を出てみようと思いました。

けれどそのとき、リトはお腹が減っていることに気がつきました。

そうだ、食べ物があるところに行こう。

小さなリトには、金色の麦畑はどこまでも続くように思えました。けれども、どんなものにも終わりがあるように、麦畑は突然終わって、雑草が生い茂る原っぱの向こうに小さな小屋が見えました。

小屋の前にはおじいさんが座っていました。

2

おじいさんは、ひどく年をとっているように見えました。顔中に深いシワが刻まれていて、どれが目でどれが口なのかもわからないほどでした。

リトはぴょんぴょん跳ねながら、おじいさんの前に進んで尋ねました。

「おじいさん、ボクの道はこれでいいのかな？」

顔のシワの一つが動いて、シワの間から黒い片方の目がギロリと光りました。そしてもうひとつのシワから赤い舌が見えました。

「お前の道は、お前だけが知っている。本当にお前が進みたい道なら、ガシューダの大きな魂が望む道だよ」

なんて不思議なことをいうおじいさんでしょう。ボクの進みたいところは、いい匂いのするところでおいしいものがあるところ。それにしても“ガシューダの大きな魂が望む道”ってなんのことでしょう。

「ガシューダってどこにあるの？」

おじいさんはじっとリトを見つめて、また謎めいたことを言いました。

「そこにも、ここにも、そして遠くにも」

リトは首を傾げて少し考えました。

あっちにもこっちにも遠くにもあるものだったら、それは石ころか、道端に生えている雑草かな？

それとももしかしたら、おじいさんもよく知らないのかもしれないなとリトは思ったのでした。

3

リトはとてもお腹が空いていました。川の水を飲んでもお腹の足しにはならず、足元もふらつきました。お腹が空くって、すごく悲しくてつらいことだなとリトは思いました。

リトはなんとかして、誰かに食べ物を分けてもらいたいと考えました。

まっすぐな長い農道を、やっとのことで進んでいくと大きな牧場がありました。サイロのある大きな家の前に、あごにりっぱな髭をたくわえた太った男の人がいました。

男は、羊よりも大きな毛のふさふさした白い犬を叱っているようでした。

「ちゃんと仕事をしろ！　いったいお前は羊さえ追えなくなったのか！」

犬は男のそばで、うなだれるようにして座っていました。

リトはおじさんを見上げました。

「おじさん、ボクお腹が空いているんです。何か食べる物を分けてもらえませんか？」
男はリトをチラッと見て、吐き捨てるように言いました。

「そんなちっぽけじゃ羊も追えない。狼を追い払うこともできない。役に立たないものにメシはやれない」
「役に立つってどういうこと？　役に立たないってどういうことですか？」

男は面倒くさそうに、もう一度言いました。
「仕事ができないやつに、メシはやれない」

年老いた犬が小さいリトに、ため息交じりに言いました。
「私はもう年をとって、羊も追えず、狼も追い払えない。役に立たなくなったんだ。だからもうここにはいられない」
リトにはやっぱりわかりませんでした。
「羊を追えなくても、狼を追い払えなくても、一緒に昔話ができるよ。朝、おはようと言えるよ。それは役に立つということじゃないの？」

男は怒ったように言いました。
「昔話とか、朝、おはようが言えるとか、それがいったい何の役に立つんだ！」

でもそのあと、まるで何か大切なことに気がついたみたいにハッとして、とても悲しそうな顔をしました。

男は牧場を始めたときから、まだ子犬だった白い犬と一緒に羊を飼い、牛を飼い、牧場を大きくしてきたのでした。
最初、羊は３頭だけでした。羊毛を売ってそのお金で少しずつ羊を増やし、牧場が大きくなったとき、男は白い犬と抱き合って喜びました。そのあと牛を飼い始めようと考え、その決意を最初に話したのも白い犬でした。
男は白い犬に、毎晩のようにもっと牧場を大きくしたいという夢を語りました。苦しいときも悲しいときも、うれしいときも楽しいときも、男はその白い犬と長く話をしたのでした。

男は深く息を吸ってため息を吐き、リトに早く行くようにと言いました。
追い払われたリトは、悲しそうな男と大きな犬の前をとぼとぼと歩きながら考えました。

男が悲しそうなのは、きっとこれまでずっと一緒にいた大切な犬と、本当は一緒に昔話をしたり、朝、おはようと言いたいのだろうなとリトは思いました。

4

しばらく歩くと、美味しい匂いがしました。周りには藁がたくさん積んであって、小屋の中には牛が何頭もつながれていました。

リトはお腹を空かせて、足もふらふらしていましたがやっとのことで一頭の牛に言いました。

「お腹が空いて、もう歩けそうにないんです。ご飯を分けてもらえませんか？」

牛たちは舌で口の周りのハエを追いながら、リトをじっと見ました。

「これはまた、小さいねえ」

「これじゃ、育たないね。さあ、あっちへいくんだよ」

牛たちはリトには興味がないようでした。リトはそれどころか、見上げるほど大きな牛と牛の足の間に入り込んでしまい、踏みつけられそうでとても怖い思いをしました。

ところが一頭の牛が、リトの背中に目を止めました。

「この子は背中に羽のような模様があるよ。まるで天使の羽のようじゃないか」

実際、リトは白い毛でおおわれた体に、茶色の毛でできた羽のような模様がありました。

「ちょっとこっちへおいで」
声をかけてくれたのは、子牛を亡くしたばかりの母牛でした。
母牛はリトにミルクを飲ませてくれました。甘くてとてもおいしいミルクは、懐かしい匂いがしました。

「牛さん、ボクここにいちゃいけない？」

母牛は少し考えて、心を決めたように言いました。
「だめだ。おまえのような小さな犬はミルクも出ないし役に立たない。元気になったら出てお行き。今日一晩は内緒で泊めてあげるから」
「でもね、ボク、ミルクは出せないけど、一緒に楽しいおしゃべりもできるし、それにきれいな夕日をずっと一緒に眺めていられるよ」
「それはここにいられる理由にはならないね。牧場主が許すはずないからね」
母牛はそんなことは当たり前だというように、きっぱりと言いました。あたりは夕焼けが始まっていました。

母牛は、リトが最後のミルクをひとなめしているのを見ながら、亡くなった子牛を思い出し、本当はこの可愛い犬と、毎日きれいな夕日を見たり、美しい星空が見られたらいいのになと思いました。

リトはお腹いっぱいミルクを飲んで、母牛の体にくっついて眠りました。

そして、夢を見ました。

リトの頭の中は「役に立つ」という言葉と「役に立たない」という言葉でいっぱいでした。

男の人は「羊を追えないし、狼も追い払えないから役に立たない」と怖い顔でリトを放り出しました。優しい母牛も「ミルクを出せないからここにはいられない」と言いました。

リトは誰の役にも立てなくて、誰からも必要とされていないんだと思うと急に寂しくなりました。けれど、ボクのことを待ってる人がきっといるよと自分の心に言い聞かせるのでした。

母牛はこの小さな生き物のリトが、小さなしっぽをぶんぶん振る様子も、首を傾げて見上げる仕草も可愛くてなりませんでした。そして、大きくなってもミルクが出るはずもなく、肉にもならないリトだけど、ずっとそばでくっついていられたらいいのにと、何度も思っている自分に気がついていました。

やがて、朝がやってきました。母牛はもう一度リトにミルクを飲ませ、「行きなさい」と言いました。

母牛はやっぱり寂しそうでした。

5

温かい母牛の肌を思い出しながら、リトは振り返り振り返り、牧場を後にしました。

だんだん家が多くなって、リトは気がつくと街の中にいました。歩いている人々はリトに目を止めることもなく、どこかへ向かって急ぎ足で通り抜けていきました。

「ボクを待ってくれている人はこの中にいないのかな？」

リトが飛び跳ねてみても、しっぽを振っても、くるくる回ってみても、誰もリトがそこにいることにすら気がついていないようなのでした。

ボクって本当にここにいるのかな。

ところがひとり、リトをじっと見ているおばあさんがいました。おばあさんは穴のあいた服を着て、汚れた頭巾をかぶっていました。

そして街角に日がな一日座って、以前は飴が入っていたと思われる錆びた缶を目の前に置いて、物乞いをしているのでした。

おばあさんはリトに声をかけました。
「こっちへおいで。小さな犬でもいれば、少しは金を入れてくれるかもしれない。それに子犬なら、物好きな子どもが欲しがって、売れば少しは金になるかもしれない」

リトは初めて自分に「おいで」と言ってくれる人に出会ったなと思いました。
「おばあさんにとって、ボクは必要だということ？」
「そうさ、子犬のくせに物わかりがいいじゃないか」

やっと自分を必要としてくれる人に会えたと思ったのに、足はおばあさんの方へ動こうとしませんでした。それどころか「おばあさんのところに行ってはいけない」という声が、心の深いところでするのでした。
「ボク、おばあさんのところに行かないよ。行ってあげたいけど、行っちゃいけない気がするんだ。ごめんねおばあさん」

リトが走り抜けると、おばあさんは急に立ち上がって怖い顔をして追いかけてきました。
「お待ち！」

おばあさんは必死にリトを追いかけますが、リトはとても足が速いので、捕まえることができませんでした。

「まったく、いまいましい」

おばあさんは、また元いた場所に座りました。

どれくらいの時間が経ったでしょうか。夕闇が迫り冷たい風が吹いてきて、おばあさんは思わず体を震わせました。

そのとき急におばあさんは、今まで長く忘れていた“寂しい”という気持ちを思い出しました。

「あの小さな犬を胸に抱くことができていたら、今頃もうちょっと温かかっただろうに」

おばあさんは、あの子犬は可愛かったなと思いました。そして子犬を抱いたら自分の顔をペロペロなめてくれただろうか、ふわふわの毛はくすぐったかっただろうかと想像しました。すると、また寂しくなっている自分を不思議に思うのでした。

リトはおばあさんのそばにいてあげたらよかったのかなと、夜風の中で耳を震わせながら、何度も思いました。でもおばあさんはたぶん、リトが会いたい人ではないんだとも思いました。

6

夜になって街はずれを歩いていると、黒い猫が道路をさっと横切って近づいてきました。

黒猫はひどく低い声で､声をひそめながら話しました。

「おやまあ猫のように小さいけど、犬なんだな。それなら大丈夫かもしれないな。このあたりは猫取りがうろついているからね。猫に間違われて捕まらないようにした方がいい」

「猫を捕まえる？　ボクもおばあさんに追いかけられたよ。売ったらお金になるかもしれないって言われた。猫も捕まえてお金にするのかな」

「そうさ。お金になるから猫が必要なのさ。なんでも猫の皮がたくさんいるらしい。恐ろしいことだよ」

リトは話し相手が見つかって、とてもうれしくなりました。

「猫さん、街ではまるでボクが見えていないみたいに誰もボクを見なかったよ。そのおばあさん以外は」

「街の人は忙しいんだよ。街の人が必要としてるのはお金と時間。お金にならない犬や猫など目にも入らないんだろうさ」

「ボク、ずっと必要とか、必要でないということを考えてるよ」

猫は「キミが考えていることはよくわからないな」と言いました。でも、もう一度「捕まるなよ」と念を押しました。

話をしていた猫が、急に目を見開きました。

「逃げろ！」

黒猫は､すごいスピードで屋根へと逃げて行きました。

振り向いたときに立っていたのは、大きい網を持った黒いマスクと頭巾をつけた背の高い男の人でした。

男はリトをするどい目つきで睨み、持っている網をリトめがけて今にも下ろそうとしていました。

でも、リトは逃げようとはしませんでした。

黒猫はリトと猫取りの様子を、屋根の上からじっと見ていました。

「なぜ逃げないんだ。捕まるぞ！」

黒猫は男に見つからないように、心の中で叫んでいました。

網をかまえている男にリトは聞きました。

「おじさんは猫だけでなくて犬も捕まえるの？」
男はマスクをずらして、にやりとした顔を見せました。
「猫の皮も犬の皮も金になるからな」

「お金が必要な理由は何？」
「おまえはおもしろいことを聞くんだな。金が必要なことに理由はいらない」
「ボクは何も持ってない。食べ物も持っていない。だからわかるよ。お腹が空くとつらいよね。おじさんもお腹が空いて、食べるものもないの？」

男は戸惑いました。

リトは続けました。
「食べ物がなくて死にそうなら、ボク捕まってもいいよ。おじさんが食べていくために必要なら、ボクを捕まえてもいいよ」

男はさっきまで、リトを絶対に捕まえてお金に替えようとしていたのに、動きを止めてリトをじっと見ました。
リトの黒いまっすぐな目を見ると、リトに網をかけることなんてできないと思いました。

そして網を下ろして、またリトをじっと見つめました。

リトがゆっくりとした声で聞きました。
「おじさんどうしたの？」
男は自分の心の中に、後悔の思いが湧き上がってくるのを感じました。
これまで男はたくさんの猫と犬を捕まえてきました。
母親の猫は「子猫がいるの、どうか逃して」と命乞いをしました。でも、男はそれを聞く耳を持ち合わせてはいませんでした。
親とはぐれた子猫を捕まえたこともありました。どんなにミャーミャーと鳴いても、気にも止めませんでした。
最後まで諦めずに暴れていた犬は、噛みつこうとしたので殴って殺しました。
殺さなかった猫も、みんな家に連れて帰って皮を剥がしました。

「俺は何をしてきたんだろう」

心配そうにリトがまた「おじさん、大丈夫？」と聞きました。男はいたたまれなくなって、投げつけるように言いました。

「やめろ、やめてくれ！」

リトはうずくまって頭を抱えている男のそばに、思わずかけよって、心配そうに男を見上げました。

「おじさんは困ってるの？　家族が病気なの？　それでなければ、犬や猫を殺して皮を売ったりするはずがないもの」

男はこれまで犬や猫をたくさん捕まえるために使ってきた網を、ポロリと落としました。

そして急に泣きたくなったのです。泣きたくて泣きたくてしかたがなくなりました。

２０年も犬や猫を捕まえてきて、初めてのことでした。

リトは驚いて、男のことがさらに心配になりました。

リトが何度「大丈夫？　具合が悪いの？」と聞いても男は首を振って、わあわあ泣きながら帰って行きました。

7

リトが男を見送っていると、いつの間にか黒猫が戻ってきました。
「あのおじさん、どうしちゃったんだろう」
「犬や猫の皮よりも、大切なものがあることに気がついたんじゃないかな」
「大切なもの？」
「キミが教えたんだ」
「ボクは何もしてないし、誰かに何かを教えるなんてできないよ」

リトは、街の煙突の上に丸い月がかかっているのをじっと見て、つぶやきました。
「でも、おじさんに食べるものがあるならよかったよ。ボクは牛のおばさんが朝くれたミルクが、もうお腹の中でなくなっちゃった」

「こっちに来るといい。僕たちの食べ物を分けてあげるよ。ちょっとしたお礼の気持ちさ」

リトは黒猫についていきました。

レンガの道を進むと、街灯がありました。街灯の角の家の地下に、黒猫の家はありました。

そこには、黒猫の奥さんと、小さな子猫たちが黒猫を待っていました。

玄関の戸が開くと、父親の帰りを待ちわびていた子猫たちが駆けよってきました。

しかし子猫たちは、父親が連れてきたのが子犬だとわかると、びっくりしてすぐさま母親の後ろに隠れました。

「この男の子が、猫取りから僕らを救ってくれたんだよ」

父親の話を聞いて、自分たちより少し大きいお兄ちゃん犬が、そんなすごいことをしたのだと子猫たちは驚きました。

黒猫の奥さんが、リトにスープを取り分けてくれました。リトは、黒猫が言うようなことができたとは思えなかったので、スープを分けてもらったこともちょっと申し訳ないような気持ちがしました。

黒猫は、しばらくここにいてもいいと言ってくれたけれど、リトはなぜかどうしても出発しなければならない気がして、「明日の朝までいさせてください」とお願いしました。

子猫たちが先に眠ってしまったので、リトと黒猫は小さな声で話をしました。

「それにしても、キミは『ボクを捕まえてもいい』だなんてどうして言ったのさ。捕まれば殺される。命を粗末にしていいはずがないよ」

リトもそのことをずっと考えていたのです。

「落ち着いて考えたら、キミの言うとおり。ボクもわからない。知らないあいだに口から出ちゃったんだ」

「そうか、キミというよりガシューダの魂がそう決めていたんだね」

リトは麦畑を出たところで出会った、何歳かもわからない不思議なおじいさんが言った言葉を思い出しました。

「前に出会ったおじいさんが、ガシューダの魂の話をしてくれたよ。猫さん、ガシューダのこと知ってるの？会ったことあるの？」

「会ったことはないよ。小さい頃、ばあちゃんがよく話してくれたんだ」

リトは暗闇の中で黒猫の光る目を見ながら、一言も聞きもらさないように耳を傾けました。

「ばあちゃんはそのまたばあちゃんに聞いた話らしいんだ。ガシューダというのは、ある人は神様だと言う。でもある人は、すべてに通じる約束事だという。

ばあちゃんに言わせれば、ご飯を食べたら元気になるのも、心臓が動いているのも、目が物を映すのも、手や足を動かせるのも、みんなガシューダのおかげってことらしい。ガシューダは僕たちの設計者で、この世界のすべてがうまくいくように一つひとつを作ったそうだよ」

黒猫はゆっくり目を閉じて、心の中にある風景を思い描いているようでした。そして、静かに続けました。

「雨が降り続けても、空の雨がなくならないことや、虫やネズミの糞や死骸がいつか土になって花を育てるのも、ガシューダの力があるからなんだって。

ガシューダのすごいところは、それだけじゃないんだ。蜂や蝶は、心の動くままに花粉や蜜を集める。その結果雌しべと雄しべがくっついて実がなり、鳥がその実を食べ、種を運ぶ。蜂や蝶は実をならそうと思って花粉や蜜を集めるわけじゃない。でも、みんなが生きていく上で知らず知らずに大切な仕事をしているのさ。ガシューダの魂が見事に設計したんだ。

いらないものは何一つなく、起きることも出会うことも、存在するものも、みんな必要で大切ってわけさ。

いろんなことを決めてるのは、自分に他ならないけど、ガシューダはそのあとどうなるのかわかっていて、すべてをいいふうに導いてくれるんだってさ。

結局、僕はガシューダのことが十分にわからないままばあちゃんは死んじゃったけど、僕たちは悲しいことが起きても、いつもガシューダがいい方へ連れて行ってくれるし、結局は大丈夫だと思ってる。

『ガシューダのお導き』ってやつさ。

だからあのとき、リトは、自分で決めたんだろうけどガシューダにはこうなることがわかっていて、リトはガシューダの声を聞いたんだろう」

リトはふうんと思いました。ガシューダのことは、まだよくわかりませんでした。けれど、あのときに「捕まえてもいいよ」と言ったのは、本当に自分の思いだったのか、それとも黒猫の言うとおりガシューダの思いだったのか、どちらなんだろうと首を傾げました。

8

朝が来て、リトは黒猫の家を後にしました。歩いていくうちに、大きな家がたくさん並んだ通りにきました。大きな家々にはみんな門があり、その向こうには広い芝生のある庭が広がっていました。

その中でもひときわ大きな家がありました。家の中からきれいなワンピースを着た女の子が、父親と一緒に出てきました。

女の子はすぐにリトを見つけました。

「可愛い！　ね、家で飼ってもいいでしょう？」

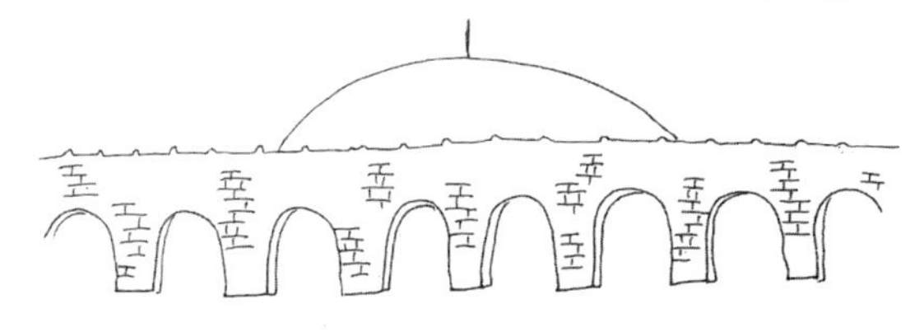

父親は首を横に振りました。
「もう犬は８頭、猫は５匹もいるだろう。それに、道端の犬は血統書もない。そんな犬は恥ずかしいよ」
「私、あの犬が欲しい。とっても可愛いもの」
「お前はすぐに飽きて、すぐに可愛がらなくなるだろう」
「そんなことないわ。毎日可愛がるから。ね、飼っていいでしょう？」

父親は仕方がないなというふうにため息をつき、家の中の使用人たちに声をかけました。
「あの犬を捕まえて来なさい」

いくらすばしっこいリトでも、４人の大人に網を持って追いかけられてはたまりません。
リトはとうとう捕まってしまいました。生まれて間もないリトにとって、それはとっても怖い経験でした。

でも中へ入ると、きれいな芝生があって、リトは自由に走り回ることができました。
犬がたくさんいて、リトをそっと迎えてくれました。

その中の、一頭の大きな茶色の犬が言いました。
「可愛がってもらえるのは、いいところ３日だね。ここはとにかく退屈だよ。我々は何のためにここにいるのかなと時々思うんだよ。食べて、遊んで、眠ってまた食べる。そんな生活もいいが、何か違うという気がしてならないんだ。まあこんな話、キミみたいな生まれたばかりの赤ん坊の犬に言っても仕方がないけどね」

どの犬も食べ物を競うこともなく、静かに暮らしているけれど、あまりうれしそうではないなあとリトは思いました。

庭の片隅に、真っ黒い大きな、でもとても痩せているおじいさん犬がうずくまっていました。
「おまえは新入りかい？」
リトがうなずくと、おじいさん犬は悲しそうに言いました。
「ここにいれば、食べるものには困らないさ」

「おじいさん、なんだか悲しそうに見えるよ」
リトが言うと、おじいさん犬はぽつりとつぶやきました。

「“かけがえのないもの”に出会えなかったからだ。
おまえはここにずっといちゃいけないよ。“かけがえのないもの”を見つけなくちゃいけない。ここでは見つけられないからね」

リトは、“かけがえのないもの”という言葉を聞いたとたん、優しい甘い匂いを思い出したような気がしました。でも、リトには“かけがえのないもの”の意味がよくわかりませんでした。

「それなあに？」
リトが聞くと、おじいさん犬は遠くを見つめるように、ゆっくりと話し出しました。

「“かけがえのないもの”とは失ったときに、がまんができないほど悲しくなるものさ。一緒にいると幸せで一緒にいられないときは寂しくてたまらなくなるものさ。そして“かけがえのないもの”があれば、どんな大変なときも頑張れるのさ」

リトはいつかきっとボクの“かけがえのないもの”に出会おうと思いました。

おじいさん犬は、とても体が弱っていて、あまりご飯を食べることができないようでした。

「また来るね」

リトは芝生を飛び跳ねながら“かけがえのないもの”について考え続けていました。

9

“お嬢さん”と呼ばれている女の子が、リトを探しにきました。

リトを見つけると、リトを高く抱き上げました。

「レイチェルって名前にしたから。レイチェルって呼ばれたらあなたのことだからね」

「ボクはレイチェルじゃないよ」

リトの声はお嬢さんには聞こえなかったのでしょうか？　時々リトのそばに来ては「レイチェル」と呼んで２、３分一緒にいると、すぐにまたどこかへ行ってしまうのでした。

リトは“かけがえのないもの”を探すために、もうここを出ようと思いました。

ただ、おじいさん犬が気になって、それができませんでした。

おじいさん犬はリトが来るとゆっくりと顔を上げて「よく来たね」と優しく笑ってくれました。

そして毎日のように、リトにいろいろな話をしてくれたのです。

「私の両親は姿形が美しいということで、チャンピオ

ンになり、私もまたチャンピオン犬に選ばれた。チャンピオン犬を見たくて、大勢の人がやってきた。でもそんなものは何の役にも立たなかった。ここから出ることもできず、毎日同じ空を見つめて、会いたい人にも会えなかった」

「おじいさん、お嬢さんは会いたい人ではなかったの？ご主人や奥様はおじいさんの会いたい人ではなかったの？」

「みんなが欲しかったのは、私がチャンピオン犬だという事実だけさ」

おじいさん犬は寂しそうに背中を丸めました。

「お嬢さんが悪いわけじゃないさ。ご主人は、森を平らにして、たくさんの家を建てるのに忙しいし、奥様も毎日パーティや買い物などに出かけて、やっぱり忙しい。

お嬢さんは、本当はいつも寂しいんだろうな。ご主人も奥様もそれがわかっている。だから、お嬢さんの欲しがるものをみんな与える。だけど、どんなにたくさん与えられても、お嬢さんは“かけがえのないもの”に会えていないし、きっと“かけがえのないもの”が必要だということにも気がついていないんだろうさ」

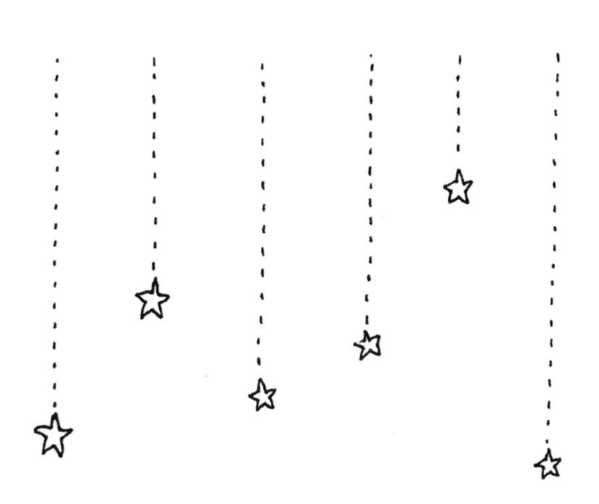

リトは、朝起きるとまずおじいさん犬に会いに行きました。そして夕方、日が沈むころにも、おじいさん犬のいつも座っている場所に行きました。
おじいさん犬はそのたびに「やあ、来たか」とリトを優しく迎えてくれるのでした。

おじいさん犬はリトに、ゆっくりでしたが、色々な話をしてくれました。

「お嬢さんが生まれたと知ったとき、いつか一緒に遊べるだろうかとワクワクしてね。でも、私はチャンピオン犬として迎えられたご主人の犬だった。ご主人の犬である以上、お嬢さんが私のそばに来ることはあまりなかった。だけどまだ赤ちゃんだった頃から、遠くからでも大きくなるお嬢さんの姿を見られることが嬉しかったんだよ」
お嬢さんのことを愛おしそうに、でもどこか寂しげにおじいさん犬は続けました。

「奥様もまた服に犬の毛がつくことを嫌って、私のそばに来ることはなかった。寂しいことも多かったけど、そんな時は星や月を見上げていたよ。そしたら自然とあたたかい気持ちになれた。
　若い時は庭の中で、仲間の犬とボールを拾う競争をして誰にも負けなかったんだよ」
　リトに話しかけるおじいさん犬の優しい顔を見て、リトは、まるで自分のおじいさんのような気がして、とても落ち着くのを感じました。

　あるときは、ご主人が友人たちとの狩りに、おじいさん犬を連れて行ったときの話をしてくれました。

　青空の下、広原で犬たちが横一列になって、主人の掛け声とともにいっせいに、水草の生い茂る湖へと向かって走り出します。

　リトの心には颯爽と走る犬たちの力強い姿や湖に飛び込んだときの水しぶきや飛び立とうとする鳥を捕まえて、ご主人の元へ走っていくおじいさん犬の若いころの姿がはっきりと頭に浮かびました。
　中でもおじいさん犬が、誰よりも早く獲物を捕らえてご主人を喜ばせたという話がリトは一番好きでした。
　その話をするときのおじいさん犬の顔は誇らしげで、リトも一緒に狩りに行ったようにワクワクした気持ちになりました。
「しかし、私が一番に獲物を見つけられなくなったとたん､ご主人が私と出かけることはいっさいなくなった。ご主人が価値を見いだしたのは、私がチャンピオン犬だということや、一番に獲物を見つけられるということだけだったんだ。私自身を愛してくれたわけじゃなかったんだよ。
リト、前に“かけがえのないもの”の話をしたね。
“かけがえのないもの”は、お互いにどんなふうになっても、大切と思える間柄だよ」
そんな話のとき、おじいさん犬はやはり寂しそうでした。
おじいさん犬が寂しそうだと、リトも寂しくなり涙をこぼして話を聞きました。
またおじいさん犬が楽しそうだと、リトもワクワクして踊りたくなるのでした。
リトはどんな話でも、おじいさん犬の話を聞くのが楽しみでした。そして、毎日おじいさん犬と話すのが、1日の中のリトの1番大切な時間になりました。

しかし、しだいにおじいさん犬は、食事が取れなくなりました。口数も少なくなり、眠っていることも多くなりました。
「おじいさん、どうしちゃったのかな？」

大きな茶色の犬が言いました。
「おじいさんは、長生きしたからね。食べなくなって動かなくなっていく。年をとるとはそういうことさ」

年をとるということが、どういうことなのか、リトにはよくわかりませんでした。リトはただ、おじいさん犬が、あまりおしゃべりしてくれなくなったのが寂しくてつまらないなあと思いました。

そしてある日、とうとうおじいさん犬は、首をあげる力もなくなりました。それでも、やっとのことで言いました。
「リト、私はもう死んでしまうだろう。おまえは、私のように生きてはいけない。ここにいちゃいけないよ。なんとしても“かけがえのないもの”を探すために、ここを出なさい」
リトは、おじいさん犬が死んでしまうと聞くと、知らず知らずのうちに、涙がポロポロこぼれて止まらないのでした。

「おじいさん死なないで。もし、おしゃべりできなくても、おじいさんがいてくれたら、ボク、それがうれしいんだ。おじいさんといると幸せだったし、おじいさんがいなくなるのは寂しいよ。おじいさんはきっとボクの“かけがえのないもの”だよ」

リトの話を聞いたとたん、おじいさん犬は低い声で唸るようにして、泣きました。

「私のことを“かけがえのないもの”とおまえは言ってくれるのか？

私は毎日おまえが来てくれるのがうれしかったよ。楽しみだったよ。ここに来てはじめてのことだった。

おまえが来てくれたから、痛くても、寂しくても、我慢ができたし幸せだった。ありがとうな。私はずっと“かけがえのないもの”に会いたいと思っていたし、でももう会えないと思い込んでいた。

あーそうだったんだ。おまえこそが私の“かけがえのないもの”だったのだ。死ぬ前に“かけがえのないもの”に会えた。私が息をひきとる前に、ガシューダがおまえをここに連れてきてくれたんだ」

おじいさん犬もまたガシューダという言葉を使うのでした。

おじいさん犬は最後の力を振りしぼって、リトに「ありがとう」と言って息をひきとりました。

リトはそのとき初めての経験をしました。体の奥から湧き上がるように悲しみが広がって、我慢ができなくなりました。それが声となって、うぉーと顔をあげて泣きました。

どれくらいリトは泣いていたのでしょうか？

夜明けの時間が迫り、朝日が昇りかけたとき、リトはおじいさん犬が自分の名前を呼んでくれたような気がしたのです。

「このまま泣いてばかりいてはいけないよ。ここで人生を終わらせちゃいけない。“かけがえのないもの”を探しなさい」

そう言われた気がしました。

リトは立ち上がりました。そしておじいさん犬が教えてくれたように、家を出ようと思いました。それがおじいさん犬との約束を守ることのように思えたのです。

１０

リトはお嬢さんを探しました。おじいさん犬が亡くなったことを知らせたかったし、この家を出たいということも伝えたかったのです。

お嬢さんは今朝、店で買ってきたばかりの新しい猫と遊んでいましたが、リトをみとめて声をかけました。

「レイチェル」

「おじいさんが亡くなりました」

リトが言うと、お嬢さんはただ「そう」と言っただけでした。

「悲しくないんですか？」

お嬢さんはまたちょっと顔をあげて笑いました。

「悲しくないわ。代わりはたくさんいるもの」

お嬢さんの言葉をもしおじいさん犬が聞いたら、どんなに悲しむだろうとリトは思いました。

「ボクは誰かの代わりになるのも、誰かがボクの代わりになるのも嫌だ。ボクは“かけがえのないもの”を探したいから、もうここを出て行かせて！」

お嬢さんはびっくりした顔をしました。
「ここにいればご飯に困ることもないし、自由に芝生で遊べるのに、どうしてそれだけじゃ満足しないの？」
「だってあなたはボクの“かけがえのないもの”じゃない。“かけがえのないもの”は、いなくなると悲しくてしかたがないんだ。あなたはボクがいなくなっても悲しくないし、代わりがいる。でもボクはおじいさんが亡くなって悲しい。ボク、おじいさんとずっと一緒にいたかった」
リトは涙を流しながら、叫ぶように言いました。

お嬢さんは急にリトが大切なものに思えてきました。それはこれまで過ごしてきて初めての気持ちでした。
「行かないでレイチェル。レイチェルがいなくなったら寂しくなる」
リトはお世話になったお嬢さんの頼みを聞いた方がいいのだろうかと思ったりもしました。でも、リトの深いところの気持ちはそうではなかったのです。

リトは叫び続けました。

「お嬢さん、“かけがえのないもの”があれば、どんなに大変なことがあっても頑張れる。そんなものにボクね会わなくちゃいけないんだ」
「あなたってバカね、パパとママはいつも教えてくれたわ。お金があれば世の中どんなことがあっても大丈夫って」

リトは何度も首を振りました。
「違うよお嬢さん。それは違う。おじいさんは、ボクがいたら、痛いことも寂しいことも大丈夫って言ってくれたよ。お嬢さんもどうか“かけがえのないもの”を探して！」

リトの話を聞いてもなお、お嬢さんは言い続けました。
「もっとおいしいものをあげるから。それからきれいな首輪も買ってあげるわ。だからいなさい。命令よ！」

リトは、「出してください」と涙をこぼしながら頼みました。
リトに涙を流して頼まれたことが、お嬢さんには心を傷つけられたような気がしたのです。

「あなたなんて血統書もないんだから、本当は初めからここに置いてもらえる犬じゃなかったのよ。勝手に出て行けばいいわ」

でも、最後にリトを抱きしめて、もう一度言いました。
「ここにいたら、お腹が空くことはないのよ。あなたはバカな犬ね」
それでもリトは首を横に振りました。

「好きにしたらいいわ」
お嬢さんはリトを門まで送りました。

リトがありがとうとお辞儀をして、門から出て行こうとしたときに、お嬢さんはひどく寂しくなりました。すごく悲しくなって、叫びました。
「出ていくのをやめてもいいのよ。帰ってきていいのよー」
でもリトの気持ちは固く、リトはお嬢さんの家を後にしました。

お嬢さんは自分でも驚くほど、寂しくて悲しくて仕方がありませんでした。リトの可愛いしっぽや、大きな耳や、首を傾げて自分を見つめるまっすぐな瞳をもう見ることはできないのだと思うと、いても立ってもいられない気持ちになりました。そして、リトを門の外に出してしまったことを心から後悔しました。

　リトが言った“かけがえのないもの”を自分は失ったのだと思いました。

１１

　お嬢さんの家を出たあと、リトは走り続けました。どこへ向かって、どうして走っているのかリトにはわからなかったけど、リトは何かが待っていると思えてならなかったのです。雨が降り出して、リトはびしょぬれになりました。それでも、走るのを止めませんでした。

　そのころ、ある村のはずれの小さな家に住む女の子が朝からそわそわしていました。
「ママ、今日は何か大切な日だという気がしてならないの。どうしても今日は出かけなくちゃ。なぜだかわからないけど、そんな気がして仕方がないの」

　ママは微笑みました。
「ママもそんな日があったわ。パパと初めて会った日もそうだった。予感って大切。いいことがあるといいわね」
　外の雨がちょうど上がって、大きな虹が出ていました。
　女の子は、外へ出ると走りたくて仕方がなくなりました。
「こっちだわ」

女の子が走っていると、その先に子犬が走って来るのが見えました。

そして女の子とリトは出会いました。
二人は立ち止まって見つめ合いました。
そして、お互いに「わかった」と思いました。何がわかったのかは、説明ができなかったけれど、リトは、きっとこの女の子がボクの“かけがえのないもの”だと思ったのです。
女の子は、リトの目を覗き込むように言いました。
「私たちお友だちになれる？」
リトはうれしくてうれしくて、ちぎれてしまうのじゃないかと思うほどしっぽをぶんぶん振りました。
女の子はリトを抱き上げて、リトは女の子の顔をペロペロなめました。

「もしよかったらだけど、私のおうちに来る？　もしよかったらだけど」
リトはまたうれしくなってしっぽを振りました。
「ボク、キミのおうちに行くよ」

そして二人は、女の子の家に向かって歩き出しました。

「あなたの名前はなあに？」
女の子はリトをじっと見て、首を傾げながら尋ねました。
「あなたってまるで星の王子さまみたい。星の王子さまは、英語でリトルプリンスって言うのよね。だからあなたのことをリトって呼びたいんだけど、いいかしら？」

「星の王子さま」は女の子が大好きな本でした。亡くなったパパが、女の子の誕生日に枕元に置いてくれた大切な本でした。
最初はパパとママに読んでもらって、文字が読めるようになってからは、繰り返し自分で読みました。いつか飛行士と王子さまのように、キツネと王子さまのように、お互いを大切に思える友だちができたらいいなと夢見ていたのです。

リトは自分の名前がどうしてリトなのかを知りました。そして、ようやくリトのことを「リト」と呼んでくれる人と出会えたのでした。リトはうれしくてうれしくて、またちぎれるほどしっぽを振って女の子の顔をペロペロなめました。

１２

村外れの小さな木の家が、女の子と女の子のママの住む家でした。その小さな家には煙突があって、パンの焼ける匂いがしていました。

「おいしい匂いがするよ」

「うふふ、リトはお腹が空いているの？　それともくいしんぼうさんなのかな？」

「ママはパン職人なんだよ。おうちで毎朝いっぱいパンを焼いて、村のマルシェで売っているの」

女の子はママのことを誇らしく思っているようでした。

「ただいま」

木でできたドアをあけると、パンの匂いがいっぱいに広がりました。

「ママ！」

女の子はママに大切な打ち明け話があったので、ドキドキしながらママを呼びました。

振り返ったママは女の子を見て、いつもと何か違うなと思いました。

そして女の子が腕の中に小さな小犬を抱いていることに気がつきました。

「ママ、この子はリトって言うの。私、すぐにわかったの。リトは私がずっと会いたかった友だちだって。これからずっと一緒にいる友だちだってわかったの。だから一緒に住みたいの」

「オリー」

ママは女の子の名前を呼びました。

ママは、オリーと同じ目の高さにかがみました。オリーに言わなくてはいけないことがあったのです。

ところが、ママは喉元まで出かかった言葉を発することができずに飲み込みました。

ママが言い出せなかったのは『ここはパンを作っているところだから、犬とは暮らせないのよ』という言葉でした。

(これまで一度だって、オリーは私に無茶を言ったことはなかった。今度のことはきっと特別なことなんだわ。朝、あんなふうに飛び出して行ったんだもの)とママは思い直したのでした。

「わかったわ、オリー。なんとかするから待っていて。ちょっと出かけてくるからね」

外に行こうとして、ママはリトの背中にある羽の模様に気がつきました。

「オリー、この子には天使の羽がついている！」

オリーはにっこり笑いました。

「リトの肉球はピンクと黒がまざっているの。全部可愛いの」

リトの背中の模様がどんなふうでも、肉球がどんなふうでも、オリーもそして出会ったばかりのママも、もうすでにリトが可愛くてならないのでした。

１３

オリーとリトは、家の外でママの帰りを待っていました。

リトは、これから本当にこの家に住めるのかなとドキドキしたり、オリーと一緒の新しい楽しい生活が始まるのかなとワクワクしたりしました。

しばらくして、ママは近所のおじいさんと一緒に戻ってきました。

おじいさんは、何かのときにはいつもママとオリーを助けてくれるのです。

おじいさんが前で引いて、ママが後ろから押してきた荷車には古い開き戸が２枚載っていました。

「ありがとうおじいさん。いつも本当にありがとう」

おじいさんは首を振りながら、優しく笑いました。

「何を言うんだ。あんたのご主人は、息子を助けようとしてくれたじゃないか。それにあんたはおいしいパンをいつもいつも分けてくれる。私にはこんなことしかできないのだから、いつでもなんでも言ってくれるとうれしいよ」

ママはのこぎりとかなづちを持って、手際よく開き戸を取り付けていきました。

「何をしてるんだろう」
リトが聞くと、オリーはうれしそうに言いました。
「ママはなんでも作るのよ。この家は最初、小さな作業小屋だったの。それをこの家に直したのはパパとママなのよ」

リトは、オリーがママをどんなに大好きで、どんなに誇らしく思っているのかがわかって、なんだかうれしくなりました。誰かが誰かを好きだということは、それだけで周りの人もうれしくなるものです。

「さあできあがったわ。中へ入っていいわよ」

小さな家の中は、２枚の開き戸で２つに分けられていました。ママは開き戸で、パンを焼く仕事場とそうでない場所を分けたのでした。
ママは、リトの目を見て聞きました。

「リトの毛はふわふわして軽いから、パンの中に入ると大変なの。ママの仕事場には入らないと約束できる？」

リトはしっかりとうなずきました。

「約束します。あそこの向こうには入らない。どんなにおいしい匂いがしても」

リトはこうして、ママとオリーの家族になったのでした。

１４

ママの朝はとても早いのです。まだオリーが眠っている暗いうちからママは起き出しました。
ママが起きるとリトは、オリーのベッドからそっと抜け出し、開き戸からママの姿を見るのが好きでした。

元々は開き戸の下の方に窓はなかったので、小さいリトにはどうやっても中の様子を見ることはできませんでした。
「パンってどうやって作るのかな？」
リトがパンの作り方を知りたがっているのがわかると、ママはリトのために開き戸の下の方にも、小さな覗き窓を作ってくれたのでした。

今リトが気になっているのは､小さな瓶の中身でした。
何日か前に、ママが瓶の中にリンゴと水を入れるのを見たのです。
「この瓶の中で大きな命の不思議が見られるのよ」

リンゴと水の入った瓶は最初は透明でした。ところが時々瓶を振って様子を見ていると、３日ほどして瓶の中身が白っぽくなって、ぶくぶく泡が出てきたのです。

ママはリトがいる窓のところに、リンゴの瓶を持ってきてくれました。

「ぶくぶくしてるでしょう？　今の時期は気温が高いから、ぶくぶくしてくるのが早いの。この力でパンを膨らませるのよ」

リトはいつもじっとママの仕事の様子を見ていたので、パンは大きな茶色の紙の袋の中に入っている白い粉で作ることを知っていました。それに、塩と水を混ぜてこねるのです。

でも粉と塩と水だけでは、あんなにふかふかしたパンはできないのです。膨らませる何かが必要。それが、瓶の中のリンゴと水で作った白い水でした。

ママは、リンゴの水が“発酵”して、その力がパンを膨らませるのよと教えてくれました。

リトは不思議で仕方がありませんでした。

「水とリンゴを入れて、時々振っただけの水にどうしてパンを膨らませる力があるの？」

ママはお仕事が終わった後、リトを抱いて顔を見ながら話してくれました。

「リト、リンゴでも水でも、そして何にでも、大きな力は宿ってるの。粉にもあるし、塩にもある。その力をもらって、ママはパンを作っているの。いいえ、作らせていただいているのよ。

いただいた大きな力は、自分のためにばかり使ってはいけないの。本当は誰かの幸せのために、使わなくちゃいけないのよ。

そしてね、リト。リトにもその大きな力はあるのよ。リトの毛一本一本にもあるの。

覚えておいてね。いただいた大きな力は誰かの幸せのためにリトのところにあるの」

リトはママの言うことの全部はわからなかったけれど、忘れずに覚えておこうと思いました。

１５

オリーと一日中遊んだあと、リトはオリーと一緒に眠ります。

ある夜、リトは前にオリーが教えてくれたことを思い出していました。

「ママのパンがとびきりおいしいのは、ママが材料をこねるときにいつも『食べてくれる人が幸せでありますように』ってお祈りするからよ」

確かにママは、パンをこねる前に目をつぶって手を合わせ、そのあと「おいしくなあれ。どうかみんなを幸せにしてね」とパン生地に話しかけているのです。

リトはそのときのママの優しい顔を思い浮かべながら、眠りにつきました。

そんな夜は月も星も自然も、すべてがみんなを守ってくれているようだなあと思うのでした。

朝日が昇ってくるころに、おいしい匂いが漂ってきます。パンの焼ける匂いです。リトはそれだけで、幸せな気持ちになりました。

「やっぱりママのパンはすごいな」

リトはそれから、いろんな種類のパンの名前を覚えました。

ママはリトの形のパンも焼いてくれました。頭やしっぽから食べられちゃうのはドキドキしちゃうけど、子どもたちが可愛いと言って買ってくれると聞くと、リトもうれしいのでした。

焼いたパンは、毎朝村のマルシェに持っていきます。

マルシェには、朝とれたての野菜、新鮮な魚、おいしい肉など農家や牧場からこだわりの食材が運び込まれ、活気にあふれています。

ママがマルシェに着くと、お店の人たちが笑顔で「おはよう」と声をかけてくれます。

マルシェの一番人気はママのパンです。お客さんはいつもと同じ顔ぶれです。

「あなたのパンじゃなきゃだめなのよ」

「このあいだ息子が帰ってきて、ここのパンを食べて美味しいと言って泣くのよ。都会ならいろんな美味しいものがいっぱいあると思うんだけど、やっぱりここのパンは特別ね」

「このパンさえ食べられたら私は幸せ」

パンを食べたみんなからそんなふうに言ってもらえたとき、ママはいつもうれしそうです。
「食べてくれる人が幸せになってくれること、それは私にとっても一番の幸せよ。パン職人で本当によかったわ」

こんなこともありました。
粉屋さんが家にやってきた日のことです。
「あんたのパンは丁寧ですごくおいしい。なのにどうしてこんなに安い値段をつけるんだい？　これくらいいいパンなら、３倍の値段でだって売れるに違いないさ。
朝のうちにいつも売り切れちゃうじゃないか。もっと儲けたらいいんだよ」
でもママは笑いながら首を振りました。

「私はお金儲けがしたくて、パンを焼いているわけじゃないもの。食べた人が幸せだって言ってくれたら、それ以上にうれしいことはないの。みんなが幸せだと自分も幸せ。だから、みんなの幸せを祈りながらパンを作っているの。第一お金がいっぱいあったって、使う方法もわからないわ。お金よりも大切なものをいっぱいいただいているから」

リトはこれまで出会った人たちを思い出しました。

牧場主も道端に座っていたおばあさんも猫取りも、大きな家のご主人や奥様も、みんな「お金にならないものはいらない」と言いました。「お金になることが大切」とも言いました。

でもママは違うんだなあ。本当はどっちが大切なのかな。

そして考えたのは、みんなはお金があっても、ママほどには幸せそうじゃなかったなということでした。

１６

ある日ママのところに、たくさんのパンの注文が入りました。

パンの評判を聞いた街の大きな病院の院長先生が、入院しているみんなにも、ママのおいしいパンを食べさせてあげたいと思ったそうです。

いつもなら、そんなにたくさんのパンの注文は、とても焼けないからと、ママは断っているのですが、入院している人に食べさせたいという院長先生のお話は、すごくありがたく感じました。そしてママは、心が突き動かされるように、どうしても私の焼いたパンをみんなに食べてもらいたいと強く思いました。

約束の日の前日から、ママはパンを作り始めました。一つひとつ丁寧に、祈りを込めて、パンをこねていきました。

食べてくれる人の笑顔を想像しながら心を込めて作業をすすめ、最後のパンが焼きあがる頃には、朝日が昇り始めていました。

ママは焼き上げたパンを、急いで病院に届けました。

その日の夕方、ママはオリーとリトにうれしそうに言いました。

「患者さん、おいしいおいしいってママのパンをとても喜んでくださったそうよ。食べたみんなが笑顔になって、元気が出たって口々に言うんですって。

それでね、院長先生がたくさんお金をくださったの。

ママはそんなにはいただけませんって言ったんだけど、『またたくさんパンを焼いて、たくさんの方を幸せにしてください』ってお金を置いていかれたのよ。

そんなふうにいただいたお金、他に使うわけにはいかないじゃない。ママね、いっぱい粉を買ってたくさんパンを作って、村のマルシェに売る他にお腹がすいている人や元気のない人たちに、ママのパンを食べて笑顔になってもらいたいの」

１７

リトの毎日は幸せでした。

パンがもうすぐ焼き上がる頃に、オリーも起きてきます。オリーとリトは、朝ごはんの前に散歩に出かけます。

リトにとって、初めての生き物に会うのは楽しいことでした。

ある日は葉っぱの上にカタツムリがいました。リトはくいしんぼうなので、おいしいものかなと思って、ペロリとなめました。そのとたん、触覚が伸びて、リトはびっくりして、驚くほど高くジャンプして後ろに下がったので、オリーが大笑いしました。

それから、ある日の雨上がりの朝は、たくさんの小さなカエルがぴょんぴょん跳ねていて、どこを歩いたらいいのかわからなくて、リトは少し甘えん坊に言うのでした。

「オリー、ボク、今日はオリーに抱っこしてもらって歩きたいよ」

ときには、遠出をすることもありました。ひと月に1度、ママはパンを持って大きな街へ出かけます。街のマルシェに行くときは、オリーとリトも一緒でした。

街のマルシェは村のマルシェよりずっと大きくて、いろんなお店があります。食料品だけでなく外国の綺麗な食器やランプ、道具なども並んでいます。

道を歩けば、大道芸の男の人が来るお客さんを楽しませていて、歩いているだけでも、心が弾みます。

街のマルシェでもママのパンは大人気でした。１ヶ月ものあいだ、ママのパンを待ちわびていた人々が、長い列に並んでパンを買ってくれて、パンはあっという間に売り切れてしまいます。

そのあとママはすぐに大きくなるオリーのために、服の布地を買ったり、古い鍋の修理を頼みに行ったりするのでした。

街へ行くと、リトの頭の中に、今まであったいろいろなことがよみがえってきました。

お嬢さんの大きな家の前を通ると、優しいおじいさん犬のことを思い出しました。おじいさん犬の優しい瞳を思い出し、おじいさん犬のそばで話を聞くことはもうないんだと思うと、自然と涙がこみあげてくるのでした。

街角では、物乞いをしていたおばあさんに追いかけられたことや猫取りに捕まりそうになったこと、そこで黒猫の家族に会えたことを思い出しました。
それから街に来る前に出会った不思議なおじいさんのことや、すごくお腹が空いていて倒れそうになったとき、牧場で優しい母牛がミルクを飲ませてくれたことも思い出しました。
リトは昔のことを思い出すたび、ママとオリーに今までに出会った人々や冒険の話をするのでした。

リトの話を聞いて、こんなに小さなリトが信じられないほどのたくさんの冒険をしてきたことに、ママもオリーもびっくりしました。そして、リトと出会えて本当によかったとリトを何度も抱きしめるのでした。

そんなふうにして、リトがママとオリーと暮らし始めて１年が過ぎました。
そんな楽しいうれしい毎日に、突然大変なことが起こりました。

１８

ある日、粉屋さんが青ざめた顔をして家にやって来ました。

「あんたには、ちょっとつらい話になるかもしれんが、街ではまた、怖い病気が流行ってるそうだよ。これまでにたくさんの人が病気にかかって死んだそうだ。今では病気が広がらないように、外には誰も出ていない。

この村にもやがてまた、流行り病いがやってくるかもしれない。本当に恐ろしいことだ。あんたたちもこの家からあまり出ない方がいい。私もそうしようと思う。

あんたのパンが食べられないなんて、考えただけでも寂しくなるけど、マルシェもしばらく休みになりそうだよ。とにかく人と人が会わないようにしなくてはならん」

粉屋さんはママを気遣いながら、下を向いてそのことを告げ、帰って行きました。

流行り病いって何でしょう？　家からずっと出ないで、何日も過ごすことができるのでしょうか？　食べ物はどうしたらいいのでしょう。

リトの心はざわざわしました。
リトの不安な様子を察して、ママがリトの頭をなでました。
「だいじょうぶよ。リト」

リトたちが住んでいるこの家には、ありがたいことに、ママとオリーの小さな畑がありました。今はトマトやきゅうりがなり始めています。玉ねぎは収穫して、軒下に干してあります。じゃがいもも、もうすぐ穫れるでしょう。それから、家のすぐ裏には野山があって、食べられる野草もたくさん生えています。
けれど、街の人々はどうやって食べているのでしょう。

リトはふと、芝生ばかりだったお嬢さんの庭を思い出しました。お嬢さんは食べるものがあるでしょうか。
黒猫の家族や、出会ったみんなはどうしているでしょう。

１９

リトがふと顔をあげると、ママが何かをじっと考え込んでいることに気がつきました。

「どうしたの？　ママ」

ママはリトのそばに来て、リトの顔を見つめて話し出しました。

「リト、１０年ほど前このあたりに、今と同じように流行り病いが広がったことがあったの。

あの開き戸を用意してくださったおじいさんがいるでしょう？　おじいさんの息子さんが流行り病いで倒れたとき、パパは息子さんをおぶって病院に行ったの。

ママはパパに息子さんの病気がうつるのじゃないかととても心配だったわ。

たぶんパパは優しい人だったから、考えるより先に体が動いたのね、目の前にいる人を助けなきゃって。

そのあとパパは、もし自分が病気になっていたら、オリーや私に、病気をうつしてしまうかもしれないからと村外れにあった小屋で寝泊まりしていたの。

その小屋は今はもうないけれど。ほら、ひまわり畑のあるあのそばよ。

病気はすぐには発症しないから、何日かそこにいて、はっきりかかっていないとわかったら帰ってくるよとパパは言ってね。

ところが、パパにもその流行り病いがうつっていたの。

パパは病院にも行けないまま、死んでしまった。

ママは、パパが病気にかかっているかどうかも最初はわからなかったの。だって、ママは毎日パパにパンや食事を運んで小屋の前に置いていたんだけど、 亡くなる前の日までパパと小屋の外から話をしていたのよ。

『僕は元気だから、もう少ししたら家に戻るよ』ってパパは話してくれていたの。『ママのパンは元気が出るなあ』って言ってくれていたの。

でも、その次の日に声をかけたら、パパの様子がおかしかったの。中から咳が聞こえてきた。

ママが中へ入ろうとしたら、パパが『入って来ちゃダメだ』って怒鳴ったの。ママは入りたかった。でもパパは咳をしながら、必死に声を出して言ったの。

『オリーのために来ちゃダメだ。ママは生きて、みんなを幸せにしなくちゃだめだ。ママのパンはすごいよ。愛しているよ。

約束する。僕は死んでもいつもそばにいるからね、忘れないで』

パパはそう言って亡くなったの。

病気はすごく怖いものよ。私はね、パパの声がしなくなったあとも、パパのいる小屋にも入れなかったのよ。リト、病気のこと、決して甘く考えちゃダメ」

ママは時々言葉につまりながら、悲しみを押し殺すように、でも最後はリトを諭すように言いました。

リトの頭の中に、小屋が焼かれママとオリーが泣きながら立ち尽くしている姿が浮かび上がってきました。本当のことなのかどうかはわかりません。でもとても悲しい場面でした。

ママもそばで話を聞いていたオリーも、泣いているようでした。

パパがいた小屋はどうしてなくなったのでしょうか？今、リトの頭に浮かんだように、本当に小屋は焼かれてしまったのでしょうか？　小屋が焼かれたとしたら、それはなぜなのでしょうか？　リトは聞きたいことがたくさんあったけれど、悲しそうにしているママを見ると何も尋ねることはできませんでした。

ママは顔を上げて、意を決したように言いました。
「病気の他にもうひとつ怖いのは、食べるものがなくなっちゃうこと。あのときもそうだったの。食べるものがなくて、そのせいで亡くなった人も大勢いたのよ。
流行り病いのあと、ママはいつも食べるものを自分で作れるようにしてきたの。この家には畑の野菜もあるし、パンを作る粉もいっぱいある。でも何もない家がいっぱいあるのよ。食べないと死んじゃうの。リトわかるでしょう？」

リトはここでは食べ物で困ったことはないけれど、ここに来るまですごくお腹が空いて、水だけではお腹が空きすぎて、歩くのも大変だったことを思い出しました。

そしてオリーも、ずっとママに聞きたくても聞けないことがあったのです。ママの話を聞いて、オリーは気持ちが止められなくなりました。
「ママ、流行り病いは、誰のせいで起きるの？　パパは何も悪いことをしてないのに、どうして死ななくてはならなかったの？　誰のせいなの？　誰が悪いの？」

２０

ママは、オリーとリトを抱き寄せて言いました。

「誰のせいとか、誰が悪いとか思っても、流行り病いがおさまるわけではないのよ。誰かを恨んではだめ。恨むことは返って、ことを悪い方向へ進ませるわ。できることは、今、何をしたらいいか考えること。前を向いて歩いていくことよ。

どんなことも必要で起きるとママは思っているの。だから、あの恐ろしい流行り病いにもきっと理由がある。でもね、その理由はずいぶん時間が経たないとわからないのかもしれない。

ママもオリーもリトもいつかみんな死んでしまって、もっともっと時間がかかってようやくわかることもあるんだわ」

ママは二人を安心させるように、優しく続けました。

「パパはどんなに困ったことが起きても、口癖のように『これも、いつかのいい日のためにあるのだろう』と言っていたわ。

パパが亡くなったことも、いつかのいい日につながっているのかは私にはわからないけど、パパはね、『ガシューダがいつも私たちを守ってくれている。自分だけじゃなくて、みんなでひとつの命を生きていられるように』と言ったのよ。ママはガシューダが教えてくれることに耳を傾けたいの。
　この前ね、とてもたくさんのパンの粉を買ったでしょう？　粉を買うときにすごくワクワクしたの。なにか大切な理由がある気がして。
　そしてわかったの。パンをたくさん焼かなくちゃ。食べる物のない人のために」

　リトはリンゴの水を思い出しました。
「ママ、でもリンゴはもうないんじゃない？」
「リト、パンを膨らませるのはリンゴじゃなくてもいいのよ。前に話したでしょう？　どんなものにも力があるの。たとえば、干したぶどう、切り干し大根でもいいの。その他に、パンを発酵させたときに生地を少しとっておけば、その中にある力を使って、またパンを発酵させ続けられる。だから大丈夫よ。
　ママはパンを焼かなくちゃ。パパはママのパンには力があるといつも言ってくれたわ。
　私、あれからずっと研究して、あのときよりももっともっと体にいい、力のあるパンを作れるようになった自信があるの。この命のパンがきっと役に立つと私は信じたい！　いつも自分のことより人助けをしていたパパだもの。きっとパパも喜んでくれるわ」

オリーはママのしようとしていることがわかって、首を激しく振りました。

「だめ、だめ、だめよママ。街の人たちにパンを届ければ、パパと同じことになる。ママも死んじゃう。オリーをひとりにしないで！」

リトはそのとたんに、自分のすべきことがはっきりとわかったのでした。

「ボクが運ぶよ。ボクに任せて」

リトはまだ小さい子犬です。そんな大きな仕事ができるのでしょうか？　ママは迷いました。パンを作れば誰かが運ばなくてはならない。それはわかっていました。自分が病気になれば、オリーがひとりぼっちになってしまうということもわかっていました。パパが亡くなったときの悲しみを、またオリーに負わせるわけにはいきません。

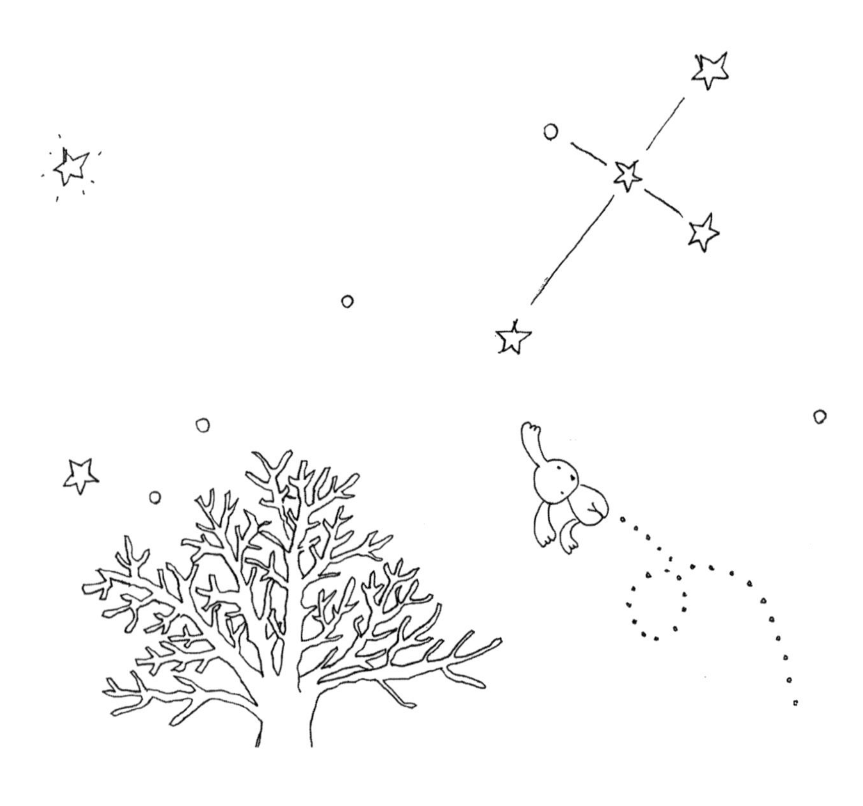

この村には、まだ誰も流行り病いにかかった人はいませんでした。
ママは急いで流行り病いのことを教えてくれた同じ村の粉屋さんに行って、街で犬は亡くなっているのかどうかを聞きました。
粉屋さんは「犬や鳥が倒れているという話は聞かない。動物には感染しないのだろう」と言いました。

しかしこうも言いました。
「あんな小さな犬に何ができる。考えてもごらん。あんたのご主人は強い人だった。それでも病いには勝てなかった。あの病いの前では、私たちは無力だよ。誰も何もできない。私たちは弱いものだよ」

ママは夜になってもずっと考えていました。パパが亡くなったときのことを思い出したり、粉屋さんの言葉を思い出したりしました。
でも覚悟を決めたように、じっとリトを見ました。

リトの目の中に、ママはガシューダの大きな光を見つけました。
「リトならできるね」

「うん、ボクできるよ。きっとできる。誰かのためとかじゃなくて、ボクがやりたいんだ」

ママもうなずきました。

「そうね。ママも同じ。誰かのためというよりも、どうしてもパンを焼きたいの。パンを焼いて、たくさんの人に食べてもらいたいの。なにかワクワクして力が湧いてくるのよ。それはきっと、大きな力、ガシューダが望んでいる証拠のような気がするのよ。

そんなときは、必ずガシューダが応援をしてくれる。だから大丈夫。大丈夫よ、リト。大丈夫よ、オリー」

オリーもリトもうなずきました。

オリーはママのことが大切だけど、リトのことだってものすごく大切です。だから本当のことを言うと、リトが危険な目に遭うのも嫌でした。オリーはどうしたらいいのかわからずにいました。でも、ママが大丈夫ということは、これまでだっていつも大丈夫だった。だからきっと大丈夫、そう思えたのです。

ママはパンを作るときに、いつもそうしてきたようにいいえ、それ以上に心を込めて「みんなが幸せでありますように」と祈りながら丁寧にパンをこねました。
パンを膨らませるために、プラムを水につけて発酵させたものを使いました。できるだけ長持ちしてずっとおいしく食べられるように、高温でカリッと焼きました。
そしてオリーが、パンを紙でつつむ仕事を引き受けました。

どんどん焼き上がっていくパンを見て、リトが少し心配になりました。リトの背中は小さくて、そんなに多くのパンを運ぶことは難しいのです。
ママもそのことには気がついていました。
「リト、申し訳ないのだけど、最初はこの村の人たちにパンを運んでほしいの。何度も出かけなくちゃいけないけど大丈夫？　本当は街にも行ってほしいけど、リトはたくさんは運べないでしょう？　どうしたらいいのか、今はその方法が考えられないの。でもそのときが来たらきっとなんとかなるわ」

リトはハッと思い出しました。それは、お嬢さんの家の大きな犬たちのことでした。おじいさん犬は亡くなってしまったけれど、そのほかにも大きな犬がたくさんいました。

「あの大きな茶色の犬は、何か役に立つ仕事がしたいって言ってた。お嬢さんの犬たちが助けてくれるかもしれないよ」

２１

リトがパンを運ぶ前に、ママとオリーはリトを何度も抱きしめました。
勇気が出たリトは村の人の家とオリーの家を行き来して、村中の家へパンを運びました。
久しぶりのママのパンに、村の人たちは大喜びしてリトを迎え入れました。そして、ママのパンを口にしてそのあまりのおいしさに驚きの声をあげました。
「おいしい！　なんだか力が湧き上がってくるような気がする」

みんなの笑顔を見て元気をもらい、リトはパンを運び続けることができました。
ようやく村の人たちにパンを配り終えた次の日、リトは街へ出かけました。

通りには、誰ひとりいません。お嬢さんの家の近くもまるでゴーストタウンのようです。

かすかに、声が聞こえてきました。その声のする方へ進んでいくと、それはまさにお嬢さんの家から聞こえてくるのでした。

お嬢さんは前にリトが遊んでいた庭で、犬や猫たちに囲まれて、見知らぬ国の歌を歌っていました。お嬢さんの声は美しく、祈りのようにも聞こえました。

お嬢さんは犬や猫を代わる代わるなでながら、顔を覗き込んでいるのでした。

門の外でリトがお嬢さんや犬たちを呼ぶと、お嬢さんが門を開けてくれました。

「レイチェルじゃないの」

「ボクの名前はリトだよ。レイチェルじゃない。今日はお願いがあって来ました」

「リト？　リトという名前なのね。素敵な名前をもらったのね」とお嬢さんがにっこり笑いました。

お嬢さんは前とはまるで人が変わったかのようでした。リトの話に耳を傾けて、みんなをなでて、歌を歌っているのです。

大きな茶色の犬が言いました。

「前にキミがここから去った後、お嬢さんはしばらく元気がなかった。僕たちを何度も抱きしめて、『いなくならないでね。私のそばにいてね』と何度もそう言ったんだ。それからはみんなを可愛がってくれるようになったんだよ」

リトはお嬢さんにあんなに止められたのに、家を出たことを申し訳なく思いました。

「たくさんご飯を食べさせてもらったのに、いなくなってごめんなさい」

お嬢さんは笑顔で首を振りました。

「リトが“かけがえのないもの”の話をしてくれたでしょう？　私ね、今はみんなのことを、心から“かけがえのないもの”だと思っているの。大切にすれば、いっそうどんどん大切になるのね」

「あなたはあれからどうしていたの？」

リトはお嬢さんの家を出て、ママやオリーに会えたことや、ここに来た理由を話しました。

そしてリトは、犬たちに一緒にママのパンを運んでほしいと頼みました。

犬たちへの頼みごとでしたが、お嬢さんは犬たちが帰ってこないのではないかと心配でした。

お嬢さんは「しばらく考えさせて」と言いました。

お嬢さんは犬たちの目を見ながらゆっくりと話し出しました。
「私、前はご飯と芝生があれば、あなたたちは決していなくならないし、きっとここにいたいのだと思っていたの。でもリトはいなくなったわ。あなたたちは本当にここにいたい？　あなたたちの本心はどうかしら？　尋ねたくても怖くて聞けなかったの」

大きな茶色の犬が言いました。
「僕はお嬢さんが大好きになったので、ここからどこかへ行きたいとはもう思いません。お嬢さんが僕の大切な人になったから。
でもお嬢さん、僕、世の中の役に立ちたいんです。
リトの話を聞いて、僕は心が震えました。どうしても止められないのです。役に立ちたい！
でも、僕の家はここだし、必ずお嬢さんのところに帰ってきます。だからリトの手伝いをさせてもらえないですか？」

他の犬たちも、同じ気持ちだと言いました。

お嬢さんも今はわかるのでした。毎日犬や猫たちといるうちに、本当に大切なものは何かということに気がついていたのです。

「あなたたちがいないと寂しいわ」お嬢さんが言うと
「必ず帰ってきます」と犬たちが口々に約束しました。
お嬢さんと犬たちはもうすでに、強い絆で結ばれているのでした。

みんなで門へ向かう途中、おじいさん犬がいつも座っていた場所を通りました。そこには、形のよい石が置かれ、花が供えられていました。
大きな茶色の犬が、お嬢さんを振り返り言いました。

「お嬢さんが、毎日花を供えているんだよ」

リトは、おじいさん犬が亡くなる前に「お嬢さんが悪いわけじゃない」と言っていたことを思い出しました。
おじいさん犬はお嬢さんが本当は優しいのだと知っていたのかもしれないなと思うのでした。

２２

リトと７頭の犬は、ママとオリーの待つ家へ向かって走り続けました。

家につくと、ママとオリーが家から飛び出して、リトを抱きしめました。

リトはオリーの腕の中から顔を出して言いました。

「ママ、オリー、みんな来てくれたよ」

リトから紹介を受けると、犬たちは少しはにかみながら言いました。

「僕たちにパンを運ばせてください」

ママはみんなに深々とお辞儀をしました。

「私たちや街のみんなのために、パン運びをしてくださると聞いて、ありがたい気持ちでいっぱいです。リトにもよくしてくださって本当にありがとう」

犬たちは、ママのお辞儀に戸惑いました。

「僕たちのことを、飼い犬としてではなく、まるで人間の友だちのように大切に迎えてくださるのですね」

ママはにっこりと笑ってリトをなでました。

「もちろんですとも。犬だって人間だって同じです。みんなお互い様で助け合って生きているのですもの。リトは、大事な家族だし、あなた方も大切な仲間です」

「リトを抱いているあなたを見たときに、お嬢さんも僕たちを待っていると思いました。仕事をちゃんとやり終えることができたら、お嬢さんのところにすぐに戻ります」
大きな茶色の犬は決意を新たにするのでした。

「疲れていない？　大丈夫？」
ママが尋ねると、みんなが口々に大丈夫と言うので、とにかく食事をとってもらうことにしました。
犬たちはママのおいしいパンを食べました。
ママのパンを１口食べただけで、犬たちは体に力がみなぎるのを感じました。そしてこのパンを街のみんなにも食べてもらいたいと強く思い、絶対に届けると心に誓うのでした。

みんなが食事をしているあいだに、ママとオリーはパンを８つの荷物に分けました。最後の荷物はいつものように、リトが持てるくらいに小さくしました。

オリーはリトのことが心配でした。

「リトは街と家を往復して、疲れているでしょう？休んだ方がいいんじゃないかしら」

けれど、リトは首を振りました。

「ボクこれまで出会ったみんながどうしているか、すごく気になるし、ママのパンを１口でも食べて欲しいんだ。だからボク行くよ」

リトは流行り病いのことを知ってからずっと、黒猫たちや牧場主や母牛のこと、そして、リトを捕まえようとしたおばあさんや、猫取りのことが気がかりでした。

ママのパンには魔法があるから、みんなもきっと元気になる。リトは今まで出会ったみんなにもママのパンを食べてもらいたいのでした。

２３

犬たちは食事をすませたあと、パンでふくれた荷物を背負って大急ぎで街へ戻りました。

街は大変な様子でした。あちこちに病人が出ていました。熱が出れば、流行り病いにかかったとみなされて、街から少し離れた大きな建物に収容されました。街の通りは、防護服を着た人たちによって、白い薬がまかれました。そして流行り病いが出た家は、病気が広がらないようにと焼かれました。

家の外に出された人々は立ち尽くし、悲痛な叫び声をあげていました。うずくまって顔を覆いながら泣いている人もいました。

リトの心に、ママから流行り病いの話を聞いたときに浮かんだ悲しい情景がよみがえってきました。

(やっぱりパパのいた小屋も焼かれたんだ！)

以前、街のマルシェに出かけたときは、あんなに街はにぎやかで、みんな幸せそうにママのパンを買ってくれていたのに、それがまるで嘘のようです。

リトの心は痛みました。リトの心に人々の悲しみがそのまま入り込んできて涙が止まりませんでした。
リトは「どうかみんな助かって。どうかみんな元気になって」と祈りながら走り続けました。

お嬢さんの家の犬たちも、あちこちを必死に走り回って、ママから預かったパンを配っていました。
戸口を開けて、そこにいたのが犬だとわかると、多くの人はいぶかしげな顔をしました。しかし、犬たちが持ってきたのがママのパンだとわかると、どの家の人々も目を輝かせました。
そしてパンを１口食べた瞬間、あんなに悲しげだった顔が、パッと明るく輝きました。人々の顔には笑顔が戻り、涙をこぼして犬たちにお礼を言いました。
ママのパンはどうしてこんなにもすごい力があるのでしょう。
１人分のパンは決して多くはなかったけれど、誰もそれを独り占めしようとは思いませんでした。ママのパンを食べた人は、他の人にもこのパンを食べて笑顔になってほしいと願ったのです。
犬たちは、パン運びをしたことを誇りに思いました。リトのおかげで、街の人みんなの役に立てたことが心の底からうれしかったのです。

２４

リトはすべての始まりとなったあの麦畑に向かいました。

遠い道のりでしたが、どうしてももう１度、今の自分へと導いてくれた最初の場所へ行きたかったのです。

あれからちょうど１年が経ち、麦畑は黄色く実り、穂を下げていました。

「ここだ。まちがいないよ。ボク、ここにいた」

リトは麦畑から吹く風に、少し長くなった耳毛をなびかせました。麦畑はあのときと何も変わらないのに、いろんなことが変わったなあとリトは思いました。

流行り病いのせいで、人は誰もいないのに、麦は実り蜂や蝶が変わらず飛び、季節を待つように花が次々と咲き出していることが、リトには不思議な気持ちがしたのです。

麦畑から１年前と同じ道を行くと、雑草が生い茂る原っぱの向こうにある小さな小屋に着きました。そこはガシューダのことを初めて教えてくれたおじいさんの座っていた場所でした。

ずっと誰にも会わなかったので、おじいさんもいないだろうなと思ったけれど、小屋をのぞくと、おじいさんの代わりに、坊主頭の幼い男の子がいました。

男の子は、不思議なことを言いました。
「あのときはおじいさんだったけど、今はボクなの。明日は何かの動物かもしれないし、花かもしれないよ。そのときに必要なものになるんだ」
「それに僕は病気にはならないよ。だって僕ね、ここにいるけどいないんだもん。
僕は君が来るのをここで待っていたよ。来るってわかってたからね。あのね、必要なことしか起きないんだよ」

リトは首を傾げました。相変わらず不思議だなと思ったけれど、でも、必要なことしか起きないということが今は少しわかります。

あの日牧場の牛舎で、母牛に「ここに置いて」と頼んだとおりに置いてもらっていたなら、リトは、ママやオリーや今まで出会った仲間たちにも会えていません。
牧場主や母牛に断られたときは悲しかったけれど、今は、それで良かったと思えます。
もしお嬢さんとの出会いがなければ、今、仲間の犬たちにパンを運んでもらうこともできなかったでしょう。

「すべて必要で起きることなんだよね」
「うんそう。必要なんだ。全部だよ。ものも、ことも、人も、動物も、起きることも、何もかもがみんな必要」

「ちょっとだけわかるよ」

リトは男の子にさよならを言って、それから懐かしい牧場へと向かいました。

牧場に着いて、リトは「仕事ができない犬はもうここにはいられない」と悲しげに言っていた大きな白い犬を思い出しました。
「あの犬はもういないのかな」と寂しい気持ちになりました。
ドアをノックすると、小さい窓のカーテンから牧場主が外をのぞいて、誰が来たのかを確かめました。

牧場主はそれがリトだとわかると、すぐにドアを開けて、快く招き入れてくれました。
「よく訪ねてくれたね。さあ、入ってくれ」

中に入ると、ソファの横にいたのはあの大きな白い犬でした。
「あのときはすまなかった。キミのおかげだと思っている」
牧場主は白い犬の体をなでながら言いました。
「この犬が僕にとって、どんなに大切な存在かをキミに教えてもらったよ。仕事をしてくれるから大切なのではない。たとえ仕事ができなくても、僕にとっては“かけがえのないもの”だよ」

リトはここで“かけがえのないもの”という言葉が聞けてうれしくなりました。
「ボクも見つけたよ。“かけがえのないもの”
最初はおじいさん犬、ママとオリー、それから、お嬢さんや犬たち。黒猫たち。そして、あなた方もボクの“かけがえのないもの”だもの」
「そうか、そうか」と白い年寄りの犬がリトを優しく見つめました。

牧場主も微笑みました。
「流行り病いでどこへも出かけることができなくなった。病いへの恐怖もある。そんなときに、毎日昔の話を一緒にできる友がいるというのは、幸せなことだ。
今は流行り病いで、ミルクも売れず肉も運べず、収入もなくなったが、牧場を始める前だって俺は何も持っていなかった。ただ、この犬がいてくれただけだった。だからまたやり直せると思えるんだよ」

リトは牧場主と白い犬に、ママのパンを渡しました。リトの荷物は小さく、渡せるパンは少しでした。
しかし、二人はそれを仲良く分け合って「なんだか力が湧いてくる」と目を輝かせました。

それから、リトは牛たちに会いました。母牛はリトを実の子どものように迎えてくれて、また甘いミルクをたくさん飲ませてくれました。
母牛は、牧場主は人が変わったみたいなの、と顔をほころばせました。
「ミルクが出ないと昔はよく叱られたのよ。でも、今は出ない日もあれば出る日もあるよと言って笑ってくれるの。今はみんな幸せよ」

２５

牧場を出た後、リトは街へ向かいました。
そして、リトを追いかけてきた、あの怖いおばあさんの座っていた街角を通りました。
あんなに大急ぎで、みんなが通り過ぎていったことが嘘のように誰一人そこを通らず、おばあさんの姿もありませんでした。
リトが次に向かったのは、黒猫のところでした。覚えのあるレンガ道を進んで行くと、懐かしい黒猫の家に着きました。
家のドアが開くと、黒猫の家族はリトを大喜びで迎えてくれました。あんなに小さかった子猫たちはすっかり大きくなっていて、もうリトの背を追い越していました。

黒猫がリトにスープをすすめてくれました。優しくて温かいスープは心に染み入るようでした。

「リトのした仕事はすごいよ」
「ボクのした仕事？　ボクのした仕事と言えば、村のみんなの家にパンを運んだことぐらいだよ。
もしボクの体が大きかったら一度でパンを配れたし、他の犬たちの力も借りずにすんだかもしれないのに。ボクこんなに小さいから」

リトはパン運びをしてから、何度もっと体が大きかったらよかったのにと思ったことでしょう。

でも実際はリトの体が小さかったことで、他の犬たちがリトを助け、街の人たちを助ける喜びを感じることができたのです。

“役立つ”ということの多くの場合は、当人が気がつかないうちに、素晴らしい働きをしているものです。

そして黒猫が言った“仕事”についても、自分が何をしたのかリトは少しも気がついていませんでした。

「猫取りを覚えているかい？」

リトはあの夜のことを忘れたことはありませんでした。怖かったことはもちろんですが、声を上げて泣いていた猫取りの顔が何度もよみがえってくるのです。

「もちろん。ずっと気になってた。猫取りさん、すごく悲しそうだった。ボク、猫取りさんのこと、悲しませちゃったのかな」

黒猫は首を振りました。

「キミがしてくれたことは正しかったよ。あの猫取りがまたやってきたんだ。黒いマスクも手袋もしていなかったよ。でも、匂いや雰囲気で僕たちにはわかる。どんなに変装していたって僕たちにはわかる。リトもそうだろう？」
リトはうなずきました。そして、黒猫が続けました。

「僕たちは警戒した。しばらく来なかったけど、また捕まえに来たと思ったからね。ところが猫取りは、僕たちにご飯を持ってきた。子猫たちは匂いを嗅いで、おいしそうと思ったのだろう、食べようとした。もちろん、食べちゃいけないって言ったんだ。眠り薬でも入っていたら大変だからね。
けれど猫取りが、隠れている猫たちにも聞こえるように大きい声で話した。
『これまでのことは後悔しているんだ。すまなかった。許してもらえるかわからないけど、自分に恥じない生き方を今からでもしたいんだ。今は畑を耕して作物を作っているんだ』ってね。
彼がいなくなってから、ものすごくお腹が空いたやつが置いていったご飯を食べた。
毒なんて入っていなかったんだ。
それから毎週のように、彼は来てくれるようになった。ご飯を持ってね。彼は言っていたよ。畑仕事はワクワクして毎日がとても楽しいって。
今では僕たちは友だちなのさ。全部キミのおかげだよ」

「ボク？」
「そうさ、あのときに彼は気がついたそうだよ。
リト、人も猫も犬もね、みんな変われるのさ。
気がついていないだけ。気がつけば変われる！　そのきっかけをリトは、みんなに与えているのさ」

リトは首を傾げて考え、すぐに横に振りました。
「ううん、ボク、やっぱり何もしてないよ」
「大きな仕事をするというのは、そういうものさ。知らず知らずにやってるんだよ。というか、それがガシューダの仕事だからだろうね」

ところが黒猫は少し声を落として言いました。
「でも、気がかりなんだ。恐ろしい病気が流行ってることはキミも知ってるだろう。毎週必ず来てくれていた彼がもう何週間も来ていない。誰も外に出ないようにしているからだと思うけど、病気になって来れないのじゃないかと気がかりだよ」

「ボク、探してみる。男の人が、どこに住んでいるのかキミ知ってる？」

２６

リトは、黒猫が教えてくれたレンガ通りの道を進みました。

消毒の白い粉があちこちにまかれていて、リトは目や手や足が痛くなりました。ウイルスを殺そうとしてまかれた粉が、リトの体をもむしばんでいるようでした。

リトは走ろうと思うのに、フラフラして息もできません。

とうとう冷たいレンガの上に倒れてしまいました。

暗闇の時間が迫ってきました。冷たい雨が降り出して冷気がリトの体温をどんどん奪っていきます。

リトは意識が遠のいていくのを感じました。

「ママとオリーに、ボクもう会えないのかな？」

リトの目から涙がツーッと流れました。そして、リトはまったく動かなくなりました。リトの命のともしびが、消えそうに揺らぎました。

そのとき、灯りを手にした黒い小さな人影が通りかかりました。その人影は、今やぼろくずのようになって倒れているリトを抱き上げ、持っていたカゴに入れて連れ去っていきました。

２７

リトの口の中に､懐かしいおいしい味が流れてきました。
「ママのパンの味だ。帰ってきたんだ」

リトはいったいどれくらい眠っていたのでしょう。ゆっくり目を開けるとそばにいたのは、ママやオリーではなくリトを捕まえようとしたあの恐ろしいおばあさんでした。

「ここはどこですか？」
「誰も住んでいない古い家を見つけたんだよ。汚い場所ですまないね。私が通りかからなければ、おまえはとっくに死んでしまっていたよ。おまえも無茶をするもんだね」
「おばあさんが助けてくれたんですね。ありがとう、おばあさん」
「私じゃないよ。おまえが持っていた荷物、悪いけど開けさせてもらったよ。パンが入っていただろう。あのパンをふやかして、おまえの口に流し込んだんだ。おまえを助けたのはあのパンだ。おまえは３日も眠っていたんだよ。それにしても、あのパンは不思議だね。おまえはだんだんと元気になって、毛のツヤもみるみるよくなってきた。最初はボロ雑巾のようだったよ」
「３日も眠っていたのですか？　大変、帰らなくちゃ」

リトはママとオリーがどんなにリトを心配しているだろうと思いました。泣いているかもしれません。
けれど、前におばあさんはリトを捕まえようとしたことがあります。今もリトにそばにいてほしいと思って、ここへ連れてきたのでしょうか？

リトはまだ力の戻らない声で申し訳なさそうに言いました。
「おばあさんありがとう。助けてもらったのにごめんなさい。おばあさんと一緒にいてあげたいんだけど、ボクおばあさんのところにいられないんだ。帰らなくちゃ」

おばあさんは歯のない口をあけて、体を揺すって笑いました。
「自分の食べる分だけでも精一杯。犬を飼うことなんてできないさ」

「おまえはどこに行くつもりだったんだい？」

おばあさんは本当に前に会ったあの恐ろしいおばあさんなのでしょうか？　まるで違う人のように優しいなとリトは思いました。
「ボク、昔会った猫取りのおじさんを探しています。おじさんは今、猫にご飯をあげているそうです。猫たちが心配していました。毎週来ていたのに、このごろは顔を見ないから、病気になったんじゃないかって」

「ああ、その男なら知っているよ」
おばあさんは流行り病いのために、食べるものがなくなって、なんとその男に食べる物を分けてもらっているというのです。そしてリトを見つけてくれたのも、その男の家へ行った帰り道だったのです。

「あの男は昔、猫や犬を捕まえて皮を剥がして売っていたと話してくれたよ。あの男には忘れられないことがあるそうだ。
なんでもある日、道端にいた子犬を見つけて、捕まえようと網をかざしたときに、子犬は逃げるどころか『お腹が空いているなら、ボクを捕まえてもいいよ』と言ったそうだ。捕まえられたら死んでしまうのに、その犬は何度も『大丈夫？』と様子が変わった男を心配したんだ。
男はそのときに、自分のしてきたことを恥ずかしいと思ったんだね。
人生は出会いで変わるものさ。
それからというもの、あの男は、畑で作った野菜を金に替えて生活をしているんだよ。

あの男はいいやつさ。食べ物に困っている私に、物乞いをやめて畑で働かないかと言うのさ。楽しい仕事だからとね。私には畑仕事なんて無理だよと言ったんだが、水やりや草取り、畑はいろんな仕事があるから大丈夫だとあの男が言うんだ。そんなに言ってくれるなら働いてみようかと思ってね。ところが流行り病いのせいで行けなくなってしまった。

でも食べるものがなくなったときには、男のところに出かけて畑の野菜を分けてもらっているのさ。街へ出るのは怖いけど食べなければ生きていけないからね。

今度男のところに行くときに、おまえをカゴに入れて連れて行ってやるよ。そのときに猫たちが心配していることを伝えればいいじゃないか」

リトは「すぐにも連れて行ってほしい」と言いました。

でも「まだ無理だよ」と言うおばあさんの言葉通り、リトは体に力を込めることが難しく、起き上がることさえできませんでした。

そのとき、ママの言葉を思い出しました。

「すべてのものには生きる力がある。リトにもリトの毛一本一本にも」

リトは自分の細胞一つひとつにも生きる力があることを

思い出し、ママとオリーのことを考えました。抱きしめてくれたときの幸せな気持ち。オリーの笑顔。ママの優しい手……。

温かいものが心の中に流れ込んできて、それが体に満ちていくのを感じました。

足を踏ん張ると、毛の一本一本にもママとオリーの愛がみなぎっていきます。リトは生きる力の源は、大好きという気持ちかもしれないと思いました。

そしてついに、リトは立ち上がることができたのでした。

２８

歩けるようになったリトを、おばあさんは竹で編んだカゴに入れて、昔猫取りだった男の家へ連れて行きました。

男はおばあさんのカゴの中からリトを見つけて、とても驚きました。リトを抱きしめて、前のように声をあげて泣きました。

黒猫が男はもうマスクをしていないと言ったけれど、男はまだマスクをしていました。それは猫を取りに来たときに、身を隠すために使っていたマスクと同じだったけれど、どうやら今は流行り病いを防ぐためのようでした。

男はしゃくりあげながらも言いました。

「また会えるなんて思わなかった」

「キミに出会えて本当によかった」

リトもおばあさんもびっくりしました。

「キミに会えない人生のまま、僕は終わらなくてよかった。本当によかった」

猫取りを変えたのは、まさにこの小さなリトだったんだとおばあさんは気がついたのでした。

「やれやれ、あそこで私がリトを捕まえていたら、今頃、私は食べる物ももらえず、のたれ死んでいただろうね」

おばあさんも黒猫も、今はリトの大切な仲間です。みんなを助けてくれた男の人とあのとき出会えたことは、リトにとっても大切なことでした。

出会いというものは、片方のためだけにあるわけではありません。いつも両方にとって必要なのです。

リトは少しうつむいて、でもまた男を見つめて言いました。

「ボク、あのときおじさんのこと泣かせちゃったから、悪いことをしたなってずっと思ってたんだ。後悔したりどうしたらよかったのかなって思ってた。

だからおじさんが、ボクと会えてよかったって言ってくれて、すごくうれしい。黒猫のみんなにご飯を持って行ってくれて本当にありがとう」

男はまた涙をボロボロこぼして、「ありがとう」とリトを抱きしめました。

彼も黒猫たちのことを心配していたそうで、黒猫たちにご飯を持って行ってほしいとリトに頼みました。

リトはすぐにでも家に帰りたい気持ちでした。でも男を心配している黒猫たちに彼の無事を伝えられることと、ごはんを届けられることは、リトにとってもうれしいことです。

それに、黒猫の家はちょうど家へ帰る通り道なのです。

２９

リトが街へパンを届けに行ってから、もう６日目の朝を迎えていました。どんなに遅くても、３日あれば行って帰って来れるはずです。

ママもオリーもリトのことが心配で心配で、ご飯も喉を通りませんでした。

「ママ、リトは大丈夫？」

「絶対に大丈夫。リトだもの」

何度もそういう会話を繰り返しました。ときにはママがオリーに聞きました。

「オリー。リトは帰って来られるよね」

「ママ、大丈夫だよ。リトには天使の羽があるよ。パパがリトと一緒にいてくれるよ。守ってくれるよ」

小さな物音でも、リトが帰ってきたのかもしれないと思って、何度ドアを開けたことでしょう。でもそこにリトはいませんでした。

その頃、リトはすっかり元気になって、ママとオリーが待つ家へ向かってひたすら走っていました。

「ママ〜。オリ〜」

何度も心の中で叫びながら走りました。ボクの“かけがえのないもの”、それがママとオリー。

リトは思いました。
「ボクはボクでいいのかもしれない」

大好きななつかしい家が見えてきました。
家のドアが開いたとき、リトはドアを開けてくれたオリーの腕の中に飛び込みました。
そして、ママと３人で抱き合いました。
ママとオリーはリトの名前を呼び、リトも二人の名前を呼びました。
「ボクね、いろんなことがあったんだよ」
リトはすぐにも話を始めたくて、二人の足元でぴょんぴょんと跳ねました。

「リト、その前に朝ごはんを食べましょう。リトは夜中寝ないで走ってきたのでしょう？」
ママのパン、ママのスープがリトの体に染み込んでいくようです。
そして何よりうれしいのは、ママとオリーがそばで笑って、リトを優しい目で見つめてくれることです。

「リト、なんだかずいぶん大きくなったみたい」
でも、リトは耳毛が少し伸びたくらいで、体は小さいままでした。

ご飯の後、リトは二人に何時間も話をしました。二人は驚いたり、涙を流したり、リトが生きて帰ってきてくれて本当によかったと、また何度もリトを抱きしめました。
「流行り病いがおさまったら、おばあさんや黒猫さんたち、みんなを助けてくれたおじさんにパンをいっぱい持ってお礼に行きましょうね」
ママはまたリトを抱きしめました。

３０

驚いたことに、その夜、ママとオリーとリトは同じ夢を見ました。

そのとき、３人は森の中にいました。森の中は暗く、じっとりとしていて、おまけに進もうとする道はツタがからまっていたので、３人はツタをかき分けながらようやく進んでいるような状態でした。

少し開けた場所に出ると、そこにはひときわ大きな木が立っていました。その根元に、小さな男の子が一人でぽつんと立っていました。

ママたちの気配に気がつくと、男の子が「僕、待ってたよ」と微笑みかけました。

その顔を見て、リトはハッとしました。

「ママ、オリー、あの子、ボクが麦畑で会った坊主頭の男の子だよ。」

「僕についてきて」

男の子は、急にママの手を引いて森の中を走り出しました。森の木々やツタは男の子が走り出すと、命を持ったように動き出し、行く手に道ができました。

リトもオリーも慌てて後を追いました。

「いったいどこに行くの？」
行く手の木々の隙間から光が見えてきました。その光の方へ男の子とみんなは走りました。

森を抜けると、驚く光景がありました。

そこは見渡す限りの金色の麦畑でした。麦畑は太陽に照らされ、光り輝き、眩しいほどでした。

気がつくと小さな男の子は消えていました。
そしてそこには、リトが旅の初めに出会ったおじいさんが座っていました。
おじいさんは、ママたちの姿をみとめると、杖を頼りにようやく立ち上がり、３人の方へゆっくり向かって来ました。

おじいさんは、ママを見つめて言いました。
「君は、ゴッホの麦畑の絵が好きだっただろう？　この景色は気にいったかい？」

なぜ、おじいさんはママの好きな絵を知っているのでしょう。
　ママが見つめている間に、おじいさんの背はぐんぐん伸び、どんどん若くなっていきました。
「あなたは……」ママは呆然とし、顔を覆いました。

　今はすっかり若くなったその人が、オリーを抱き上げました。
「オリー、重くなったね。オリーは“高い高い”をするとよく笑っていたんだよ」
　オリーは、その人の胸に顔をうずめて、声をあげて泣きました。

　ママとオリーとその人が抱き合う姿を見て、リトはおじいさんも、小さな男の子も、パパだったんだと気がつきました。
　みんなが夢から覚めたとき、パパの姿はもうありませんでした。

「私、パパの夢を見たの」オリーがママとリトに言いました。
「ママもよ」
「ボクも見たよ」

（みんなが同じ夢を同時に見るなんて）と３人は顔を見合わせました。

ママがにっこりと笑いました。
「きっとパパが夢を見せてくれたんだわ」
不思議だけど、そうかもしれないとオリーもリトも思うのでした。

「もしかしてパパは最初から、ボクをこの家へ連れて来ようとしていたのかな」
リトが言うと、ママは目を大きくして、急に泣き出しました。そして、涙をふいて、オリーとリトを抱きしめました。
「パパは亡くなるときに、『これからもずっとそばにいるよ』と約束してくれたの。約束どおり、いつもどんなときにもそばにいてくれたのね。そして、パパはリトをここに連れてくることで、私たちだけじゃなく多くの命を救ったんだわ」

窓をあけて、ママは空に向かって言いました。
「誰一人欠けても今日の日は来なかった。パパも私たちも誰もが大きなガシューダ の中の１つで、みんなでうれしい未来へ向かっているのね。パパが亡くなったのは悲しかった。でも私たち、パパと一緒に今も明日へ向かって歩いているんだわ！」
ママが振り返ってオリーとリトを見て、優しく微笑みました。そして、一つひとつの言葉を噛みしめるように言いました。
「覚えておいてね。この世界には約束ごとがある。それはどんなこともいつかのいい日のためにあるということ。
ガシューダは私たちをいつも愛してくださっている。ガシューダの魂の声に耳をすませて生きていけば大丈夫。私はいつもそう信じているわ」

リトも今は、はっきりとわかるのです。
「どんなことも、いつかのいい日のためにある。怖い流行り病いさえも」

街では、少しずつ流行り病いがおさまってきました。そして、ママのパンを食べると元気になるという噂が広まっていました。
そしてそれはどうやら、本当のことのようでした。

「サムシング・グレート」に感謝して生きる

―「リト」に寄せて―

筑波大学名誉教授
村上和雄

２００３年　ヒトゲノムの遺伝子暗号が解読されました。

つまり、ヒトを設計している染色体の遺伝情報（DNA配列）と染色体のどこにどんな遺伝情報が書かれているかが明らかになったのです。

私は解読された遺伝子暗号を眺めながら、この膨大な情報が極微な空間にどのようにして書き込まれたのだろうか、という不思議な感覚にとらわれました。

遺伝子は世代を超えて情報を伝えるだけでなく、いますべての細胞の中で、一刻の休みもなく見事に働いています。この働きは私どもの意思や力だけでは到底不可能であり人間業ではありません。

この偉大な働きを私は「サムシング・グレート」と呼んでいます。

世界の学者の全知識を集めても、世界の富を集めて研究しても、大腸菌１つ元からつくることはできません。大腸菌が生きている基本的な仕組みについて、現代の生命科学はまだ手も足も出ないのです。

最新科学から見て、たとえ細胞１個でも「生きている」ということはすごいことで、ましてや人間が生きていることはただごとではありません。

大人の細胞は平均３７兆個といわれます。一つひとつの細胞には全て命があり、これらが集まって、毎日喧嘩もせ

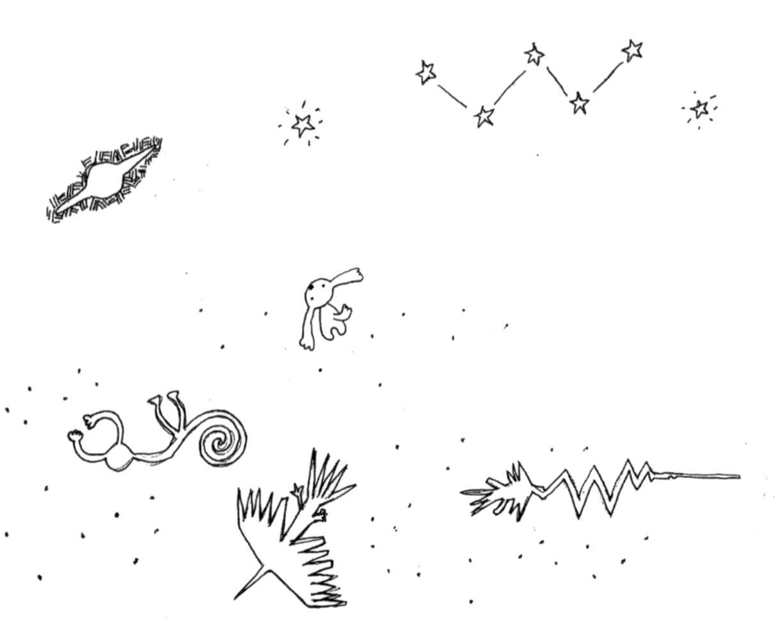

ずに、見事に生きているのは奇跡的なことだと言えます。

このようなことがデタラメにできるわけがありません。これだけ精巧な設計図をいったい誰がどのようにして書いたのでしょうか。まさに奇跡と言わざるを得ません。この大自然の偉大な力「サムシング・グレート」によって、私たちは生かされているのです。

さらに驚くべきことは、遺伝子の構造と原理はすべての生物に共通しているということです。微生物から人間まで生きとし生けるものは、すべて同じ原理で生きています。

ということは、あらゆる生物が同じ起源を持つということを示しています。けれど、その組み合わせによって2つと同じものはないのです。

多くの生き物をはじめ、太陽エネルギー、水、空気、地球などのおかげで私たちは生かされています。自分の力だけで生きている人など誰一人いないのです。

科学技術に偏り、弱肉強食、優勝劣敗の考え方だけではやがて滅びるに違いありません。これからの時代はいのちの親である「サムシング・グレート」に感謝して生きるという考えが世界中で必要となってくるでしょう。

この原稿を書いている２０２０年に、新型コロナウィルス感染症（COVID19）が世界中に蔓延し、今も毎日たくさんの方が、感染し続け、医療や経済に大きな影響を与えています。

なぜこのような大流行が起こるのでしょう。端的に言えば、世界中の人間が新型ウイルスに対する「抗体」を持っていないからです。つまり、外部から侵入するウィルスへの備えがないために、体内の防御機能がうまく働かないのです。

ヒトの体内では抗体をつくる遺伝情報が部品ごとに備えられており、未知の菌やウイルスが侵入してくると、その抗原に適合する分を素早く組み立てることで約２０００万種類もの抗体をつくる能力があります。実に用意周到な防御システムです。

ところで、私たちのゲノムの中にはウイルスやその関連因子に由来する配列が多数存在しており、それらを利用して私たちはヒトへと進化したことが分かってきました。

２０００年、科学雑誌『ネイチャー』に驚くべき研究が掲載されました。胎盤形成に必須なシンシチンというタンパクが、ヒトのゲノムに潜むウイルスの遺伝子に由来することが発表されたのです。胎盤の形成やその機能の発現にはこのウイルス遺伝子の発現が必須であり、その機能の1つが母体の免疫による攻撃から胎盤内の胎児を保護する免疫抑制機能なのです。

哺乳類はこのウイルスの遺伝子を自身のゲノムに取り入れることにより、子孫を母親の胎内で育てることが可能になったのです。つまり、私たちのゲノムが進化のために突然変異したのではなく、ウイルスと共生することで進化したと考えられるのです。そのようにヒトのゲノムには、ウイルス由来のものが数多くあります。つまり、私たちはゲノムの中にウイルスを取り込んで共存することにより、現在のヒトとして進化したと言えるのです。

新型コロナウイルスは同じコロナウイルスのSARS（サーズ）やMERS（マーズ）と違い、感染した１００パーセントの人間が発症するのではなく、感染しているけれど、発症しないヒトが存在し、より多くのヒトに感染を広げる戦略をとっている厄介な賢いウイルスです。ウイルスが１００パーセント宿主を死亡させてしまうような戦略をとれば、自らも存続はできないのです。

けれど、厄介なのはそれだけではありません。新型コロナウイルスはRNAウイルスです。自らの遺伝情報をDNAでなくRNAとして書き込んでいます。DNAウイルスよりもはるかに分裂が速く、安定性も弱く変異を起こしやすいのです。つまり、新たな宿主に感染するたびに、変異する可能性が高いといえます。

一方このウイルスは肺の肺胞に感染します。死んだ肺胞は復活しません。肺胞細胞はタバコや環境汚染物質によってもじわじわと壊されてしまいます。私たちは自らこの肺に負担をかけるべく地球や体を汚してきてはいないでしょうか？

感染症対策として、私たち人類はワクチンと抗生剤や抗ウイルス剤で闘ってきました。もちろん重症化しやすい高齢者や基礎疾患がある方にはワクチンは必要ですし、重症化した患者には抗ウイルス剤が必要です。

けれどその前に、私たち人間がこの地球で存続するために、地球環境を綺麗にして、肺を守ること（肺胞細胞が生きやすくなること）。免疫力を強化し、自ら治癒できる可能性を広げることが大切だと考えます。

こうした世界的危機にいったいどのようなサムシング・

グレートの思し召しがあるのか私にはわかりません。ただ私なりに思うことがあります。それは未知の感染症の伝播という万が一の事態は、国や民族を超えた人類全体の“大節”であり、地球規模の協力体制が整わなければ、対応できないということです。

地球規模で互いに助け合うことこそ、サムシング・グレートが人類に促していることかもしれません。

私は、深刻な危機に直面したときこそ、「他者のために生きる」ということが大切だと感じています。

「ピンチはチャンスだ」と私は何十年も言い続けてきました。人類が進化するためにこのピンチは最大のチャンスであると思います。何よりも一人ひとりの意識を変えることによって可能になると強く信じています。

今回のパンデミックによって、私たち人類の意識はあっという間に変えられてしまいました。私たちはどの方向へ向かっていくのでしょうか？　私はその鍵が、一人ひとり違うユニークな遺伝子をONにしていくことにあると思っています。

昔から「病は気から」と言います。心の持ち方ひとつで人間は健康を損ねたり、また病気に打ち勝ったりするという意味ですが、私の考えではそれこそ遺伝子が関係しているということになります。心で何を考えているかによって病気になったり健康になったり、幸せを掴む生き方ができるかどうかが変わってくるのです。

幸せに関係すると考える遺伝子は、誰の遺伝子にも潜在しているはずです。その遺伝子をONにすればいいのです。そのためには、日常生活を溌剌と前向きに生きることが大切だと思います。「イキイキ、ワクワク」する生き方こそが人生を成功に導いたり、幸せを感じたりするのに必要な遺伝子をONにするというのが、私の仮説なのです。

このように、遺伝子にはスイッチがあり、興味深いことに、そのスイッチのONやOFFは、すべての遺伝子任せの生得的なものでなく、私たちの心の持ちようや生活態度によっても変わり得ることが次第にわかってきました。

もちろん私たちには遺伝子治療などを除き、遺伝子の情報そのものを書き換えることはできません。しかし一方で必要な遺伝子を作動させたり、不必要な遺伝子を休止させたりして、その遺伝子が担っている機能や役割を調整することができます。

遺伝子にはONにしたほうがいい遺伝子とOFFにした方がいい遺伝子があるわけです。理想は悪い遺伝子をOFFにして、よい遺伝子をONにすることです。その秘訣は何かというと、物事をよいほうへと考える。つまりプラス発想ということが非常に大切になってくると考えています。つまり自分の身に起きることは「すべてプラス」という捉え方をすることです。
いま、コロナ禍で世界中が困難な状況になっています。だからこそ、私はプラス発想が必要だと考えています。
地球規模で見ると、人間が様々な活動をやめたおかげで、大気汚染物質が減って空気が綺麗になっています。これはウイルスが地球環境を守ったといえるかもしれません。
コロナウイルスのための自粛が徐々に解除になった時に、元の生活に戻ることだけを目指すことは、このコロナ禍から何も学ばなかったといえるのではないでしょうか？
今この本を読んでいるみなさんは、どのような生活をされているでしょうか？　コロナウイルスがおさまっていることを心から望んでいますが、そうであっても、コロナウイルスから学んだことを忘れずにいることは大切です。

３８億年前に地球上に生命が誕生してから、その遺伝子は脈々と受け継がれてきましたが、その間、地球は平穏な環境ではありませんでした。あらゆる生命が滅びてもおかしくない状況にも拘らず、生命は受け継がれ、人類が誕生しました。
ウイルスが誕生したのはおよそ30億年前といいます。片や我々ホモ・サピエンスが誕生したのは、わずか２０万年前。ウイルスは地球上での大先輩なのです。ですからウイルスと闘って完全に勝とう、などとは、到底無理な話です。しかも野生の哺乳類には少なくとも３２万種類もの未知のウイルスが潜んでいると推定されています。

地球は私たちの命を誕生させ守ってくれる唯一の惑星なのです。そして、地球上のあらゆる生き物は地球を離れて生き続けることはできません。そんな母なる地球に、私たち人間は僅か数百年の間に様々な無理を強いてきてしまいました。

いま私たちは地球という親から、行き過ぎた人間の営み、人間のあり方を本気で叱られているのだと思います。それは、地球という親が痛みを感じながらも、それでもまだ私たちを思ってくれているからでしょう。

同じ一つの大きな命として、もっと多くのものと共生していく責任と喜びを分かち合う。そうした生き方ができれば、おそらく多くの人が、このたった一つしかない地球で生まれ、たった一つの命を与えられ、奇跡的な確率で生きていることをもっと素直に喜び合えるはずです。

いま人類はかつてない変革の時にあると言えます。この時代に命を得て生かされている私たちは幸いであることを忘れないようにしたいと思うのです。

『リト』の作者、山元加津子さんとの出会いは、映画『１／４の奇跡』（監督；入江富美子さん）でした。映画は一人ひとりが、たとえば病気や障害があっても、大切な存在で、病気や障害にも意味があるということを伝えています。

この映画には、当時特別支援学校の教員だった山元加津子さんの生徒で、多発性硬化症（MS）という病気を持った笹田雪絵さんという女の子が出ています。

多発性硬化症とは脳や脊髄、視神経のあちこちに病巣ができ、その結果、様々な症状が現れるようになる病気です。雪絵さんも視力や運動機能に障害を持ち、体がどんどん動かなくなっていきました。

体が不自由になれば、辛いことも増え、絶望的な気持ちになることもあると思います。雪絵さんも実際はそうでした。しかし、雪絵さんはすべてのことを受け止め、感謝し、常にプラス思考でいようと努めました。1日の中で「うれしかったこと」や「よかったこと」を探し、MSになったからこそ、大切なことに気がつくことができたし、今周りにいる素敵な人に出会えたと言い切るのです。そして病気の自分、ありのままの自分を好きだと言うのです。

さらに映画の中に、マラリアと鎌状赤血球症の話が出てきます。マラリアが蔓延し、村が絶滅の危機にさらされたときに、マラリアに耐性がある人がいることがわかるのです。それが、鎌状赤血球症の人たちです。鎌状赤血球症は遺伝性の貧血病です。鎌状赤血球症になる変異が遺伝子におきると、酸素欠乏の時に赤血球が崩壊します。この変異を２つ受け継いでしまうと重い障害を持ち、致命的になる恐れもあります。しかし、変異が１つだけならそれほど害はありません。この１つだけ受け継いだ人はマラリアに耐性があり、村が絶滅の危機から守られたという話です。

マラリアと鎌状赤血球症のことは、一例にすぎません。病気や障害を持つ人がいなければ、人類は絶滅していたかもしれません。

病気にも障害にも意味があると映画は伝えています。

映画の中で私は「それは、入り口に過ぎず、そのもっと奥の奥がある」と言っています。障害や病気のことだけでなく、私たちは親であるサムシング・グレートに守られ、奇跡のようなことの連続の中で生かされているのです。

雪絵さんが亡くなる前、雪絵さんは「誰もがみんな素晴らしい唯一の存在だということを世界中の人に伝えて欲しい」という遺言を山元さんに残します。山元さんは雪絵さんとの約束を今も守り続け、本や講演で、雪絵さんの想いを伝えています。

この映画は、９カ国語に訳され、１８カ国で上映され累計１８万人の人が鑑賞し、映画は今も上映され続けているそうです。

山元加津子さんが書いたこの『リト』という本には、病気や困難なことが起きたときに、他者を大切にして、協力しあい、素晴らしい未来へ向かっていくストーリーが描かれています。まさに、「サムシング・グレート」が我々に示す生き方なのではないかと思います。

人々は、リトとの出会いや、祈りのパンで、幸せのスイッチをONにして変わっていきます。また“イキイキ・ワクワク”しながら前を向いていくことで、大切なことは何かを見つけていくのです。

『リト』の話の中では、今の新型コロナウイルスのような流行り病いが蔓延します。

新型コロナウイルスの出現は、サムシング・グレートからのメッセージだと思います。

今こそリトたちの活躍を、みなさんにも“イキイキ・ワクワク”しながらお読みいただきたいと思います。

そして、雪絵さんや『リト』の登場人物のように、たとえ困難な状況に身を置かれたとしても、前を向いてスイッチをONにして生きる方法を、物語を通して知っていただけることを願っています。

山元さんは「この『リト』の本が、いつか『星の王子さま』のように、何カ国語にも訳され、人々に愛される本になってほしい。それが私の夢です」と言いました。それが、雪絵さんとの約束を守ることになるからと。

小さなお子さんから大人にまで『星の王子さま』のように、愛される本になるといいですね。

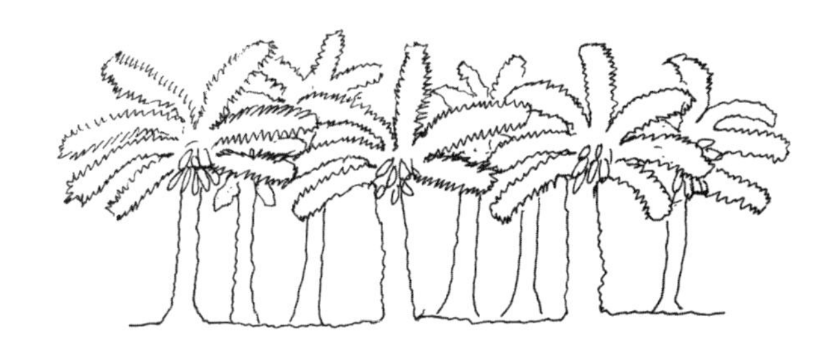

あとがき

小さい頃から、虫や花を眺めていることが好きでした。自然を眺めていると、不思議だなと思うことがいっぱいあります。

どうして、虫たちは教わりもしないのに、自分の食べるものや、巣の作り方を知っているのでしょうか？　蜂や蝶が蜜を吸ったり、集めたりすることで、花が受精をして実がなって、それを鳥が食べるように、お互いに知らず知らずに助け合って、すべてがうまくいくようになっているのはどうしてなのでしょうか？

私は「どうしてちゃん」と呼ばれるくらい考え事ばかりしている女の子でした。

理科の授業で、人間の体がたった1個の受精卵が分裂してできたということを知りました。1個の受精卵で全く同じものが2つになり、4つになるのに、やがて細胞が手になったり足になっていくのが不思議でたまりませんでした。

そんなときに、その謎を教えてくださったのが村上和雄先生のエッセイでした。それから何十年も私の憧れは、村上先生でした。

私は大人になって、養護学校の教員になりました。

病弱養護学校で、私は雪絵ちゃんに出会いました。

雪絵ちゃんは多発性硬化症（MS）という病気を発病していました。MSにもいろいろなタイプがあるようですが、雪絵ちゃんの場合は、再発する度に、目が見えにくくなったり手や足が動きにくくなる症状がありました。けれど雪絵ちゃんはいつも前向きで、いつも「私は私でよかった」ということを繰り返し伝えてくれました。

「もし目が見えなくなったら、手や足が動かなくなったら、私は、目や手や足にありがとうと言うよ。私のために頑張ってくれたのに、なんでよーなんて言ってはあんまりだから。ありがとうって言うよ」

「私は１２月２８日に生まれました。１分１秒間違いなくこの私になるために生まれてきたよ」

そんな雪絵ちゃんが亡くなるときに、私に言いました。

「世界中の人に、一人ひとりが違ってそれが素晴らしいということ、みんなが素敵で大切だということ。すべてがいつかのいい日のためにあることをかっこちゃん（私のことです）が伝えて。約束して」

それが雪絵ちゃんの遺言になりました。

私は教員をしながらずっと作家もしていたので、雪絵

ちゃんとの約束をいくつかの本に書きました。それが思いがけず『1／4の奇跡』という映画になりました。この映画は不思議なことに、日本だけでなく、世界中のあちこちで上映されたのです。

驚いたことに、その映画になんと私の憧れの村上和雄先生が出てくださいました。

私が監督さんに、村上先生に映画に出ていただきたいとお願いしたわけでもなく、村上先生を大好きで心から尊敬しているという話をしたわけでもないのに、私の思いを少しも知らない監督さんが、偶然にも村上先生に出演をお願いし、村上先生との出会いが実現したのでした。

村上先生は、どなたにも優しく、こんな私にまでお声をかけてくださり、色々助けてくださいました。

東北大震災の時など、大変なことが起きたときにも、お電話でサムシング・グレートのお話をしてくださったのです。

私は小さい頃から、運動がひどく苦手で、おっちょこちょいで失敗ばかりしていました。よく「変わった子だね」と言われて、自分のことが好きになれずにいたけれど、先生のお話を伺うと、それでいいのだ、大切な自分なのだと思えることがとてもうれしかったのです。

この頃、ADHDやHSPなど様々な障害がクローズアップされ、ニュースなどでも流れているのをよく見聞きします。

なかなか社会と馴染めず、自分が自分であることを受け止められず、つらく悲しい気持ちでいる方がおられると思います。

しかし、障害があるからこそ、ほかの人にない素晴らしい面があって、その素晴らしい面が出会う人々の心を動かしていくのだと思います。

地球上にいる一人ひとりがそれぞれの違いや個性を受け入れて、同じ地球に生まれたかけがえのない仲間を大切にし合えたらどんなに嬉しいことでしょう。

それこそが「雪絵ちゃんの願い」でもあると思います。

これを書いているまさに今、新型コロナウイルスが世界中に猛威を振るっています。

「新型コロナウイルスも、サムシング・グレートがくださった愛。人が変われるチャンスだよ。人間はウイルスと一緒に進化してきたのだから。大丈夫」

「かっこちゃん、僕の思いをみんなに伝えてね。僕を使って伝えてね」

あこがれの大好きな村上和雄先生は私にそうおっしゃいました。私は電話口で、背筋が伸びる思いで「わかりました」と先生に約束しました。

私はそれから雪絵ちゃんとの約束、村上和雄先生との約束を果たしたくて、夢中で『リト』の話を書きました。

誰も経験したことのない新型コロナウイルスも、きっと人類は乗り越えられると信じています。

サムシング・グレートが私たちに教えてくれていることを忘れずに、明るく、前向きに、そして感謝しながら生きていきたいと思います。

私は雪絵ちゃんの「世界中の人に」という言葉をいつも思い出します。村上和雄先生が書いてくださった通り、いろいろな国の言葉に訳されて、多くの方に読んでいただけることを夢見ています。

読んでくださったみなさん、本当にありがとうございました。

この本を書くにあたって、これまでお会いした編集者のみなさんがたくさんお力を貸してくださいました。また多くの友人からも大きな応援をいただいて、『リト』を仕上げることができました。心から感謝しています。

織姫と彦星が出会う七夕の夜に、みなさんが幸せで世界中が平和でありますようにと心から願っています。

２０２０年７月７日　　　　山元加津子

山元加津子

金沢市生まれ。富山大学理学部卒。
元特別支援学校教諭。元気に遊び、作り、学ぶ日々。
愛称はかっこちゃん。
2010年　ユニヴァーサルデザイン協議会　基調講演
2012年　泉鏡花金沢市民文学賞受賞
日本各地で講演。海外では、シカゴ、ニューヨーク、ロサンゼルス、サンフランシスコ、ダラス、ホノルル、シドニー、メルボルン、パリ、ロンドンなどで講演している。
映画『1／4の奇跡』『宇宙の約束』『僕のうしろに道はできる』に主演。
著書に『大切な花を心にひとつ』（三五館）『きいちゃん』（アリス館）『魔女モナの物語』（青心社・三五館）『手をつなげばあたたかい』（サンマーク出版）
『心の痛みを受けとめること』（PHP出版）など多数。

村上和雄

1936 年生まれ。筑波大学名誉教授。1963 年京都大学大学院農学研究科農芸化学専攻、博士課程修了。同年米国オレゴン医科大学研究員、1968 年京都大学農学部助手。1976 年バンダビルト大学医学部助教授。1978 年筑波大学応用生物化学系教授となり遺伝子の研究に取り組む。1983 年高血圧の黒幕である酵素「レニン」の遺伝子解読に成功、世界的な業績として注目を集める。1994 年より先端学際領域研究 (TARA) センター長を務めた。1996 年日本学士院賞受賞　筑波大学名誉教授
著書に『生命の暗号』（サンマーク出版）『スイッチ・オンの生き方』（致知出版社）『SWITCH』（サンマーク出版）など多数。

パンの作り方については長野県のぱん工房「もりのかおり」の森かおりさんに助言いただきました。

編集　MOMO

リト

「サムシング・グレート」に感謝して生きる
―「リト」に寄せて―

2020年　9月16日第1版第1刷発行
2024年　10月11日第1版第16刷発行
著者　山元加津子（リト＝文・絵）
村上和雄　（「サムシング・グレート」に感謝して生きる＝文）
発行者　山元加津子
発行所　モナ森出版
〒923-0186 石川県小松市大杉町
ス－1－1
印刷所・製本所　株式会社オピカ
ISBN978-4-910388-00-7

乱丁・落丁の場合はお取替えいたします。